三木なずな
Nazuna Miki
Illustration
伍長
JN031479
善人おっさん、
生まれ変わったら
SSSランク
人生が確定した⑦

アレク
「僕はこうしたい、アンジェがおばあちゃんになるまでずっと幸せにしたい」
「……あっ」

アンジェ
「ずっと、幸せにしたい。僕のお嫁さんになってください」
「……はい、アレク様」
アンジェは、静かにうなずき、私の手を握りかえしてきた。

エリザ
「アレクが訪ねてくるなんて珍しい、
何を急いでるの？」

エリザの綺麗な裸体に
目をそらす――のも
失礼だから、私は
じろじろとはならない程度に、
エリザの顔だけ視界に
入れるように見つめて、答えた。
「陛下にクジャクの
指輪をお借りしたく」

ミア
シャオメイ

ホーセン
カーライル卿
アレク＆アンジェ、
世界一の結婚式！

Contents

ダッシュエックス文庫

善人おっさん、生まれ変わったら
SSSランク人生が確定した7

三木なずな

第十四章

16 ✦ 善人、運命のくじ引きを用意する

A good man,Reborn SSS rank life!!

手を振って見送ってくれた人魚を背に、私はアンジェと二人で階段を上っていった。

空間に板がそのまま浮かんでるような階段で、私はちらっと後ろを振り向いた。

「どうしたんですかアレク様」

横を歩いてるアンジェが不思議そうに聞いてきた。

「ここの感じ、やっぱりシルバームーンの『霊地』、それにミアたちの一族の聖地と似てるって思って」

「そうなんですか?」

「うん。ここに生まれて、ここに戻ってくるのが運命、みたいな場所。そういうことってよくあるのかなって思って」

「あると思います!」

アンジェがほとんど即答で、しかも力強く意気込んで答えた。

どうしたのかと彼女の方を振り向くと、高いテンションとキラキラした瞳で私を見ていた。

「どうしたんだい？　アンジェがそんなに興奮するなんて珍しい」

「だって、私の運命の場所がアレク様のそばだと思いましたから」

「僕のそば？　なるほど」

「はい！」

ますます高いテンションで頷《うなず》くアンジェ。

運命の場所が私のそばか。

「一緒についてきたみんなも、きっとアレク様の民になるのが運命だったんです」

アンジェの純粋で無邪気な好意は、いつ触れても心地よいものだ。

「ありがとうアンジェ。嬉しいよ」

「えへへ……」

私の言葉に、アンジェはますます嬉しそうに笑顔になった。

運命の場所、か。

☆

翌日、テントの前に民衆を集めた。

土地の実質的な所有者である人魚から許可を得たので、次は民衆を開拓の為に振り分けるフエーズに入った。

テントの前にちょっとしたお立ち台を作って、そこにまず一部の民衆を集めた。

「みんな、今日から本格的にここ、アヴァロンに入植する。そこで、みんなにそれぞれ担当してほしい、住んでほしい場所を記したものをここに用意した」

私が言うと、お立ち台の前に数人のメイドが進み出た。

メイドたちは五〇センチ四方の箱をそれぞれ持っている。

箱は上部にまるい穴が空いている、よくある抽選箱のような形だ。

「これで引きあてた場所に行ってほしい」

「抽選かよ、それじゃ運じゃねえか」

「やべえところを引いたらどうしよう」

「いや信じよう、副帝様を」

ガヤガヤする民衆、戸惑いや不安もあるが、概《おおむ》ね好意的なところに収束していった。

「じゃあ、心の準備ができた人から引いて」

「俺から行くぜ！」

即答で、一人の男が前に進み出た。

二十代後半で、服は質素だが、体はがっしりした筋肉質。その後ろに赤ん坊を背負った女の人と一緒に出てきた。

ここに来るまでは農家をやっていたんだろうな、と想像に難《かた》くない。

その男は「ふふん」って感じでちらっと背後を見て。

「俺が一番乗りだ」

「ああっ！　やられた」

「くそっ、俺もさっさと出りゃ良かった」

「副帝様のやることを疑ってるからだよ」

様々な声の中、男は抽選箱の一つの前に立って、手を中に入れた。

「あれ？」

「どうしたのあなた」

男の妻が不安そうに聞いた。

「いや、箱の中からっぽ……だぞ？」

男は小首をかしげて、私に視線を向けてきた。

私は微笑《ほほえ》んだまま見つめ返した。

どういうことなのか分からずに困る男。

しかし彼が箱から手を出すと、

「「「おおおおお⁉」」」

民衆から声が上がった。

驚きの声だ。

箱から抜いた男の手がぼわあ、と淡く光っていたからだ。

その光がまるで糸でくくられた蛍《ほたる》の如く、手元から離れて、ゆらゆらとある方角に向かって飛んでいく。

「それについていって！　その場所に案内してくれるから」

「なるほど！」

「すげえ！　魔法だよなあれ」

「なるほど、単に抽選するよりはわかりやすいな」

「さすが副帝様」

男の一家が光に導かれて去っていくと、残った民衆が次々と抽選するために出てきた。

「お疲れ様です、すごい魔法ですねアレク様」

私がお立ち台から降りて、離れたところで見守ろうとすると、いつの間にかテントの中から出てきたアンジェが話しかけてきた。

「あれなら混乱とかケンカも起きません。さすがアレク様です」

「それだけじゃないよアンジェ」

私はにこり、とアンジェに微笑んだ。

「え？」

「あれは『運命の場所』を探す魔法だ。人生が一番うまくいく、幸せになれる場所を占って導く魔法だよ」

「あっ……霊地の……」

「そういうこと」

にこりとアンジェに微笑み返した。

霊地とか聖地とか、そこから発想を得た魔法だ。

私が普通の知恵で考えて振り分けるより、占いを発展させた魔法で、その人にとって一番運命的な場所に導いた方がいい。

幸せになる、という設定だから、ブッキングも起きないし、よしんば起きてもそれは風が吹いた桶屋《おけや》のように幸せになるためのブッキングになるはず。

その魔法を、抽選というていにして、民衆たちに引かせた。

「あっ、でも」

「うん？」

「もしその占いがアヴァロンから出ちゃうことになったら？」

「その時はアンジェにお仕置きだね」

私はイタズラっぽく言った。

「えええええ!?」

「アンジェは昨日言ったじゃないか、みんなは僕の民になるのが運命だったって。それが外れるってことだからね」

「あっ……じゃあ大丈夫ですね」

アンジェの反応はやや予想外で、驚いていたのに「それなら大丈夫」と素で思ってるみたいだ。

やっぱり。

アンジェの純粋で無邪気な好意は、いつ触れても心地よいものだ。

17 ✦ 善人、システムをどんどん作る

A good man.Reborn SSS rank life!!

次の日、テントの中。

私はアンジェと一緒に、メイドたちから次々と上がってきた報告を聞いていた。

ちなみに隅にはマリがいる。

彼女には記録係として、私が聞いたこと言ったこと、全てを記録してもらうようにしてる。

正直に言えば、あまり意味はない。

私に起きた、そして必要なことは「知識」に変換して、賢者の剣に蓄積されるからだ。

それでもマリに記録させていた。

「北西七キロの山に鉄鉱脈発見とのことです」

「こちらは南に向かった養蚕《ようさん》の一族、桑の群生《ぐんせい》とそれに適した土地だったみたいです」

「親子三代で『渡し』をしていた家族はいち早く川のそばに誘導されて、今は船を造ってるみたいです」

メイドたちが次々と報告してくるのは、「抽選」というていで、その人の最も適した土地に

導いた民衆から上がってくる報告だった。

それぞれの得意な分野、専門的な分野に添った誘導だから、大半が「今までのまま仕事ができる」という感謝で、その一部に――

「結構な勢いで資源が発見されてるね」

「はい」

報告を統括《とうかつ》している、メイド長のアメリアが頷いた。

「報告のおよそ三分の一がそういったものです」

「……」

「どうしたんですかアレク様」

黙って考え込むと、そばのアンジェが不思議そうに聞いてきた。

「少ないって思って」

「少ない、ですか？」

「僕についてきた民衆は十万、そして彼らを誘導したのは、この先一番いい暮らしができる運命の土地。そういう魔法。そしてここはかつて楽園と呼ばれたアヴァロンという土地」

「あらゆる意味で肥沃《ひよく》な場所、もっと報告があってしかるべき、と？」

私の言葉を引き継ぐアメリア。

立場は人を作る。

私がなんでもやるせいで、アメリアもメイド長ながら、領主の参謀《さんぼう》みたいなポジションでものを見て、意見が言えるようになっている。

「うん、僕はそう思う。もっと上がってきていいはずなんだ」

「恐れながら申し上げます」

「うん？」

「考え得る可能性は二つ。一つは見つかっていないこと」

「見つかってない？」

「時間がかかるもの――例えば住んでしばらく経《た》っての人間に関わるものとか。あるいはこの先ご主人様が発展させるものとか」

「なるほど、今はまだ、ってことだね」

頷くアメリア。

「もう一つは？」

「庶民《しょみん》ですから」

私もそうだから分かる、という、副音声が聞こえた気がした。

「いいものが見つかったら独《ひと》り占《じ》めするために隠したがるものです」

「なるほど」

そういうものなのか。

でもアメリアの副音声が聞こえて、彼女がはっきりと自信を持って断言した以上、そういうものなのかもしれない。

私はさらに考え込んだ。

「見つかったものを取り上げないってお触れを出せば、みんな報告するかな」

「……ナイスだアンジェ」

「するんですかアレク様」

意外そうな顔をするアンジェ。

「うん、お触れは出す。アメリア」

「はい」

「鉄の精錬と、糸の色の染め方を教えるから、代表者や希望者はこっちに来てと伝えて。見つかったものの効率的な活用法を教えるから、というお触れも」

「わかりました」

アメリアは頷《うなず》いて、他のメイドと一緒にテントを出た。

「あっ、そっか……」

アンジェはハッとして、その直後に恥じ入った表情でうつむく。

「アレク様は罰じゃなくて、ご褒美《ほうび》を与える方針ですもんね……」

そのことをわすれて「取り上げる」と言ったことを恥じ入った様子だ。

「気にしないでアンジェ。それよりも『お触れ』がすごいヒントになった。ありがとう」

私にお礼を言われて、アンジェはますます複雑そうな顔をした。

☆

翌日も、テントの中で執務をした。

領主の館を建てるのは造作《ぞうさ》もないことだが、民衆が落ち着くまで私が土地を取りに行くのはどうなのかのと、実際エリザがここをどうするつもりなのかもう一度聞かなきゃって思っている。

だから、館とか屋敷とかは後回しにして、テントで執務を続けていた。

その中で、アメリアは昨日と同じように報告してきた。

「以上が、昨日お触れを出した後に報告してきた分です」

「うん、その人たちには三日……ううん、一ヶ月後に教えるって言っといて。表向きは順番待ちってことで」

「かしこまりました」

命令を受けて、それを伝達しにテントから出ていくアメリア。

二人っきりになったところで、アンジェがパン、と笑顔で手を合わせる。

「そっか、こうすればこれからみんな隠さないで最初から報告するようになるんですね」

「え？」

「え？」

私が聞き返すと、アンジェはつられてきょとんとなった。

「そういうことじゃないんですかアレク様」

「ああそっか、そっちもそうだよね」

「そっちも……もっと何かあるんですか？」

「うん、ぶっちゃけると、まだ少ないって思うんだ」

私はマリから受け取った、昨日と今日の分の「報告」をまとめたものを見た。

「まだ少ないんですか」

「満足してる人がいるんだ」

「満足？」

「僕についてきて、運命のくじを引いたからこの先はもう安泰《あんたい》だ、ってことで辿《たど》り着いた場所で満足して何もしなくなる人」

「なるほど」

「そういう人たちに、『辿り着いても終わりじゃないよ、もっと頑張ればもっと生活が楽になるよ』ってメッセージ。これでみんな『早く探して早めに報告しよう』ってなるでしょ」

「なりますか？」

「なると思う。だって、同じ運命を引いたのに、周りが自分よりもいい暮らしをしてたらね。その原因が報告したから、ってなればね」

「なるほど！」

とにかく動かそう。

ひな鳥のように、口を開けてればえさがもらえるって思う人たちも一定数いるから、そういう人たちもちゃんと働く——自発的に働くような流れを作ろう。

そのためにはもう一つ、いや二つ何かが必要かな。

それをどうするのか、って考えていると。

「えへへ……」

アンジェが、嬉しそうに私のそばで微笑《ほほえ》んでいた。

「どうしたのアンジェ」

「アレク様って、やっぱり素敵だなって思いました」

そう話したアンジェは、ますます嬉しそうに顔を綻《ほころ》ばせたのだった。

18 ✦ 善人、納税をねだられる

「じゃあ、これをお願い」

「かしこまりました」

アメリアがしずしずと一礼して、テントから出ていった。

手に持っているのは上質な羊皮紙《ようひし》。

紋章入り、私のサイン入りのものだ。

唯一本文だけマリに代筆してもらったもの――今や正式な公文書の形式になったそれをもって、テントから出ていった。

そんなアメリアと入れ替わりに、エリザが入ってきた。

お忍びエリザ、ここ最近さらに色っぽくなってきた彼女は、テントの入り口での逆光と相まって、神々《こうごう》しいほど美しく見えた。

一瞬だけドキッとした私は、それを取り繕《つくろ》って、平然を装《よそお》って話しかけた。

「やあ、また来たのかいエリザ」

「ここの様子が気になってね。順調みたいね」

「そこそこね」

「今のは？　何かのお触れ？」

「分かるの？」

「そういうのを受け取っていく人間の表情は毎日のように見てるからね」

「そりゃそっか」

エリザは帝国の皇帝だ。

私よりも遥《はる》かにお触れを——勅命《ちょくめい》を出している。

それの実行を命じられた人間特有の何かを知っているという。

「内容は？」

彼女は私のそばにやってきて聞いた、エリザとの仲だし、そもそもこの土地は帝国皇帝である彼女のもの。

隠す理由はどこにもないと、私は正直に答えた。

「とりあえず今年の税金は払わなくていいよ、ってお触れ」

「ここでもそうするんだ」

「うん」

頷く私。

カーライル領で既《すで》にそうしていて、それをエリザも知っている。

それと同じことをここでもするって訳だ。

「新しい土地だからね、余計にお金は民間で回した方がいいって思ってね」

「それができるのはやっぱりあなただけよね」

感嘆《かんたん》するエリザ。

皇帝である――為政者《いせいしゃ》である彼女には、民間で金が回るということの重要さをよく理解している。

例えばの話。

金貸しからある男が銀貨一〇〇枚を借りた。

男はその銀貨一〇〇枚を使って何かを買った。

この瞬間で、銀貨は三〇〇枚分の働きをしている。

金貸しが貸し出して利息を生み出す一〇〇枚。

男が借りた分で買った一〇〇枚分の品物。

ものを売って実際に銀貨を手に入れた店なり商人なりの一〇〇枚。

計、三〇〇枚の働きだ。

一般的にマイナスなイメージである借金でさえ、最小構成の一巡回るだけでこれだけの価値を生み出すのだ。

金は回れば回るほど、見えない――しかし実質的な価値を上げていく。

無私《むし》な為政者であれば税金を少なくして民間に金を残すのが正解なのだが、エリザは皇帝、養わなきゃならない人間が多すぎる。

エリザ本人が節約しても、大臣や役人、使用人がいる、その家族もいる。

彼女がそれをするには、背負っているものが大きすぎる。

その分私は身軽だから、好きにできる。

「一年なのはどうして？」

「とりあえずこうすれば、来年は払わなきゃいけないからってことで、ある程度の緊張感を保てるはずだよ。いきなり何もなしじゃ、最初から働かないって人もいるからね。というか今そういう人たちと戦ってるんだ、ある意味」

「そして最後は悪名を背負っていくのね」

笑いながら話すエリザ。

それは前に彼女ともした話だ。

一度蜜の味を知った民は増税を受け入れられない。

減税をしたその時はいいが、将来上げざるをえないときが大変だ。

私は自分が死ぬ間際に上げて、悪名を馳《は》せて死ぬって言った。

そのときの話を再び持ちだしてきたのだ。

「今回もそうするの？」

「どうかな、状況次第だね。とりあえず一年目は取らない。それだけは決まってるけど」

「働けば働くほど税が軽くなるのはどう？」

「働くほど軽く？」

「収入次第で税が安くなるの。そうすればみんな真面目《まじめ》に働くでしょう」

「なるほど」

「どうせあなたには税金なんて意味ないんだから」

　エリザはにやり、と笑った。

「あなたにしかできない制度ね」

「そういう逆転の発想なら、子供が増えれば増えるほど税金少なくするのはどう？　今だと人頭税《じんとうぜい》で子供が多いほど取るけど、だからといって子供は労働力だから生まないわけにはいかない」

「なるほど、生めば生むほど税を軽くするのね」

「そういうこと。細かい補助的な制度を一緒に組まないといけないけど、大まかな方向性としては」

「ありね」

　即答するエリザ。

賢者の剣から得た知識では、今、世間の九割近くを占《し》める庶民《しょみん》にとって、子供の数つまり家族の数はそのまま労働力になってることを知っている。

子供をより産む、安心して産める施策はかなり重要だ。

私とエリザはテントの中で真面目な話を続けた。

そして、あることを理解する。

エリザはここ、私とアヴァロンを「箱庭」にするつもりでいる。

帝国のミニチュアとして、ここで施策を先行して試すことで、うまくいくものを帝国にフィードバックしようとしている。

私の名を歴史に残す、という言葉に騙《だま》された――いや騙されてはないか。

あれも決して嘘ではないが、皇帝・エリザベートは同時に同じくらい国と民のことを考えている。

そういうエリザが好ましくて、色々と案を出し合って討論《とうろん》していた。

「お忙しいところすみません」

「ん？　どうしたのアメリア」

テントの外から帰ってきたアメリアが、難しい顔で声をかけてきた。

「先ほどのお触れ。出しましたところ、いくつかの集落の責任者がご主人様に面会を申し出てきました」

「面会？」

「請願《せいがん》をする、とのことです」

「請願かぁ……」

「へー、なんだろうね」

エリザはいつもの調子で軽く言ったが、目がちょっと据わっていた。

『アレクが税の免除までしてやったのになんの不満があるのよ』

空耳だが、そんなのが聞こえた気がした。

「とりあえず会おう。その人たちをテントに入れて」

「かしこまりました」

アメリアは呼ぶために一旦テントから出ていった。

「エリザは隣にいてくれる？　相談するかもしれないから」

というかそばに置いた方が暴走しないで済みそうだと思った。

「わかった」

「ごめんね、立ったままでいてもらうけど——」

私が言い終わらないうちに、エリザは私の影の中に潜《もぐ》った。

十秒も経たない内に影から出てきたエリザは、ここ最近すっかり見慣れたメイド姿になった。

「侍《はべ》らせていただきます、ご主人様」

「うん、よろしく」

メイドエリザが私の斜め後ろに控えるように佇《たたず》む。

直後、アメリアに案内されて、何人もの男が入ってきた。

その立場にいる人間は自然と似たような格好をする。

村長とか族長とか。

ぱっと見、そういった立場の人間がほとんどだった。

「お疲れ様。僕に言いたいことがあるみたいだね」

単刀直入《たんとうちょくにゅう》に聞くと、男たちは一斉に私の前に跪《ひざまず》いた。

そして、一番真ん中で一番前にいる男が、顔を上げて、言った。

「どうか、税を納めさせて下さい！」

「……ん？　どういうこと？」

予想外の話だった。

税金をむしろ納めさせてくれ、というように聞こえたが……。

「副帝様についてきたおかげで輝かしい未来が、未来に希望が持てました。だから、是非《ぜひ》――」

「「是非!!!」」

他の男が声を揃《そろ》えた、ちょっとびっくりした。

「――感謝の気持ち、形にさせてください！」

ああ、だから税を払わせろってことか。
しかし、それはやっぱり予想外だ。
いや、前代未聞といっていい。
賢者の剣に聞いても前例がないっていうし。
「さすがご主人様」
エリザも、感嘆《かんたん》半分呆《あき》れ半分でつぶやいた。

19 ✦ 善人、絶対完璧な変装をする

A good man,Reborn SSS rank life!!

翌日の朝、テントの中。

私は手を止めて、考え込んでいた。

「アレク様、どうしたんですか?」

顔を上げる。

不思議そうな顔のアンジェと、メイド姿のエリザが私を見つめていた。

「おはようアンジェ、エリザ。ちょっと考えごとをね。ほら、昨日の税金の話」

「あれがどうかしたんですか」

メイドの口調ながらも、今度はエリザが聞いてきた。

帝国皇帝でもある彼女は、メイドモードの最中だろうと気になる話みたいだ。

「あれって本当なのかなって」

「……ご主人様に取り入るための虚言かもしれない、と?」

「僕色々やってきたから、どういう人間なのか、周知されてるはずだからね。そういういかに

も『僕好み』なのを持ってくる人がいてもおかしくないと思って」

「それはないと思いますが……」

　エリザは控えめに否定する。

「あっ、じゃあこうするのはどうですか？」

　アンジェはニコニコ顔で手を合わせて、提案してくる。

「いつものお姉様みたいに、お忍びで本当かどうかを見てくるんです」

「なるほど」

　それはいい手だ。

　というより、ここで考えてても結論がでる訳ではない。

　実際に民衆の様子を見て判断するしかない話だ。

「よし、行ってみよう」

「私も連れていってくださいご主人様！」

「エリザも？　そうだね、一緒に行こう」

　エリザには思うところがあるみたいだから、連れていって実際に見せた方がいい。

　となると……せっかくだから。

「アンジェも一緒に行く？」

「はい！　ご一緒します！」

笑顔で即答するアンジェ。

こうして二人を連れてお忍びで視察をすることになったが、問題は変装だ。

私のことを見抜かれないような変装がいる。

となると……。

「これがいいかな」

私は荷物の中から薬瓶《くすりびん》を取り出した。

蓋《ふた》を開けて、中身を自分の手のひらに出す。

丸薬《がんやく》の赤が一つと青が二つ、計三つだ。

「これはなんですか？」

「大昔の魔女が作り出したといわれる薬。これを知らなければ、絶対に分からないレベルで変装できるすごい薬だよ」

「そんなにすごいんですか⁉」

「うん。エリザから試してみる？」

「いただきます」

エリザは私の手から薬を一つ、赤いのを取って、躊躇《ちゅうちょ》なく飲み込んだ。

直後――ポン、と可愛《かわい》らしい音がして、エリザの体が縮まった。

布地の多いメイド服の上からでも分かる均整のとれたプロポーションが一変して、幼女のそれに変わった。

「お姉様⁉」

いきなりのことに驚くアンジェ。

それに比べて、エリザは落ち着き払ったものだ。

体が縮まったことでずるりと床に落ちたメイド服がぎりぎりで裸体を隠せている中、彼女は実に冷静に。

「体が縮む、確かにこの薬を知らなければこの上ない変装ですね」

「そういうことだね」

「赤が縮む、ということは……？」

私を見あげるエリザ。手のひらには青が二つ残っている。

「うん。アンジェ、これを」

「わかりました――ひゃう」

青い薬を受け取って、こちらも躊躇なく飲み下すアンジェ。

彼女は逆に成長した。

既《すで》に第二次性徴期を迎えた後のアンジェ。

身長は少しだけ伸びて、代わりに全体の雰囲気《ふんいき》がぐっと大人っぽくなった。

可愛らしい美少女がそのまま、可愛らしい年上のお姉さんって感じになった。

ただし服はぴっちりで、破けはしなかったがへそなど露出が多くなって、色っぽかった。

「わあぁ……」

「そして僕」

私も薬を飲んだ。

男女の差で、まだ成長前の私。

同じ青い薬でも、私はアンジェ以上に大きくなった。

声変わり前の少年が一気に青年って感じになった。

服はいつも通り。

これは私には戦闘の機会が多いため、頑丈な素材で作られているので、伸びる分にはまったく問題のない代物《しろもの》だったから、服もろとも大きくなった風に見えた。

「これで出掛ければ僕たちだってばれないね。僕とアンジェはそのまま夫婦でいいね」

「はい！　アレク様！」

「呼び名は変えてね」

「はい！　えっと……どうしましょう……あっ」

アンジェはハッとして、手を合わせたまま笑顔で。

「あなた。で、いいですか」

そう呼んでくるアンジェの姿はすごく可愛かった。

「うん、そうして」

嘘ではないからアンジェは呼びやすいし、バレもしないいい呼び方だ。

次はエリザに目を向ける。

初めて彼女と出会ったときよりもさらに幼くなった姿。

はじめて目にする、幼いエリザ。

私とアンジェが成長した分、プラスマイナスで入れ替わっている感じ。

「そういえば、アンジェとエリザって、普段から手をつないだりする?」

「はい、お姉様がお姉様の時は」

「そっか、それをちょっとやってみて」

「分かりました。お姉様」

「うん」

大人アンジェと子供エリザ、二人は手をつなぐ。

今の二人の姿を絵にして額縁《がくぶち》に入れれば、「幸せ」というタイトルがつくだろう。

それくらい、微笑《ほほえ》ましい母娘に見えた。

「僕たちの娘くらいだね」

「むすめ……」

「夫婦と、一人娘。この設定でいこう」

「はい！」

「……ん」

笑顔のアンジェ、うつむき加減で頬《ほお》を染めるエリザ。

うん、これなら絶対に正体がばれないな。

20 ✦ 善人、自分への批判を喜ぶ

A good man,Reborn SSS rank life!!

姿を変えて、服装も貴族のものから庶民《しょみん》のものに着替えて。

私はアンジェとエリザの三人で、出かけた。

大人になった私とアンジェが左右に、真ん中には子供の姿に戻ったエリザ。

三人で手をつないで歩く姿は、仲睦《なかむつ》まじい三人親子の姿そのものだ。

それは、だが。

「大丈夫かいエリザ」

見た目が大きく変わっているから、呼び名は気にしないでいつもの呼び方をすることにした。

その、私と手をつないでるエリザ。

何故か体が強《こわ》ばってて動きがギクシャクしてる、その上握ってる手がものすごく熱い。

「熱でもあるのかい」

「だ、大丈夫！」

エリザはかなりの剣幕で否定した。

手を額に当てて熱を測ろうとしたが、体をよじって避けられた。

「そう？」

「大丈夫だと思います、あなた」

まるで助け船を出すかの如《ごと》く、アンジェが反対側から言ってきた。

「そうなの？」

「ええ、この年頃の女の子は、男の人よりも体温が高めですから」

「なるほど」

念のために見えないようにカモフラージュしつつも、いつものように背中に背負ってる賢者の剣に聞いた。

すると「そういう人もいる」「人による」という答えが返ってきた。

まあ、そういうことならいっか。

それ以上気にしないことにして、歩き続けた。

アヴァロン、数日前まで荒廃した毒々しい大地だった場所。

その毒々しさはすっかり抜け、あっちこっちで人々が家を建てたり、畑を開墾《かいこん》したりしている。

土地があっちこっち、ぼわぁ……と、淡く光っている。

色がそれぞれ違うそれは、民がくじ引きで引いたていの、彼らにとって運命の場所だ。

その光る場所は自然と区画化されていて、まだまだ途上だがすでに町っぽくなっていた。

そんな町っぽい中を三人家族で歩いてると。

「あなた、あれを見て下さい」

ふと、アンジェが立ち止まって、離れた場所を指さした。

そこは一際《ひときわ》光る広い場所だった。

住宅街の中にまだある空き地のようなそこに、三十人近くの若者が集まっている。

若者たちは跪《ひざまず》いて、正面に置かれた木材に向かって拝んでいた。

「なんだろうあれ、宗教かな」

おそらくあの区画は今後神殿になるだろう、そして木材は代理か、それを使って神像を彫るんだろう。

そう思わせるほど、男たちは敬虔《けいけん》にそれを拝んでいた。

「ああアレクサンダー様、アレクサンダー様よ」

「我らが救世主よ」

風に乗って、男たちの声が聞こえてきた。

「どうやらあな……アレク様を称《たた》えてるみたいですね」

「なるほど」

「よかったじゃん」

さっきまで微妙に不機嫌だったエリザが、子供らしい口調で言ってきた。

「副帝の治世を称える声が普通にあるってことは、大丈夫ってことだね」

「そうだね」

「なにかご不満ですか？」

アンジェが首をかしげて聞いてきた。

「うーん、不満って訳じゃないんだけど」

曖昧《あいまい》に返事をすると、アンジェとエリザが互いに顔を見比べて不思議がった。

「とにかくもうちょっと見てみよう」

「そうですね」

「わかった」

二人を連れて、仲睦まじい親子を演じたまま、さらに街中を歩く。

一回見かけると、それがよく目につくようになった。

区画が分かれてて町っぽくはあるが、建物がほとんど建ってないため、数軒先にいる者たちも見えてやりとりもよく分かる。

「今度は子供たちですね」

「歌だね」

『神よ皇帝アレクサンダーを守りたまえ、我らの良き皇帝アレクサンダー』

子供たちが歌ってるのは私を対象にした賛美歌《さんびか》だった。

「皇帝になっちゃってますね。やめさせた方がいいのかな」

アンジェはそう言って、エリザをちらっと見た。

本物の皇帝がこれをどう思うのかって視線だ。

「いいじゃない？　こういうのって本人を担《かつ》いで反乱しない限り問題ないし、担がれて反乱する人？」

エリザはそう言って、私を見あげた。

「しないね」

「だったら問題ないね」

「良かったですね——あれ？　まだ困った顔をしてますね」

「なにが問題なの？」

「うーん」

二人にどう説明するか、って頭を悩ませていると。

「げっげっげ……ガキまで洗脳するたあ、稀代の大ペテン師だな」

背後から老人の声が聞こえてきた。

振り向くと、鹿か何か、獣の肉を料理したものを肴《さかな》に飲んでる老人の姿が見えた。

「ご老人、稀代の大ペテン師って誰のこと？」

「あの副帝様だよ」

老人は不敵な顔で言い放った。

アンジェが困った顔して、エリザがむすっとした。

今にも飛び出しそうなエリザとつないでいる手に力を込めて、引き留めつつさらに聞く。

「どういうことなんですか？」

「分かるだろ？　ついてきた連中は誰も彼もがそいつを称えてらあ」

「そうですね。おじいさんはしないんですか？」

「俺には関係ねえ話やな。ついてきたのもここでなら食いっぱぐれねえって思っただけよ」

「ふむふむ」

「連中は気づいてねえがな、あの副帝様、知れば知るほど人間じゃねえ。ありゃあな」

にやり、と口角をゆがめて、歯の欠けた口で愉快そうに笑った。

「人間を幸せにする機械だ。やることなすことに血が通ってるように見えねえ」

「なるほど！」

それは斬新《ざんしん》な意見だ。

血が通ってない、人間を幸せにする機械。

初めて聞いたけど、ちょっと面白い。

「あれが本当な訳ねえ、ぜってえなにか裏がある。そいつの化けの皮が剥《は》がれるのが楽しみなのよ」

老人はそう言って、さらに酒をあおった。

エリザがわなわなと震えた。

顔が真っ赤になって、怒りに震えている。

エリザからすれば老人のそれは「放言」の類《たぐい》に聞こえたんだろう。

私はエリザの手を握る力をちょっと強めて、微笑《ほほえ》みかけて、彼女を連れて老人から離れた。

老人に声が届かないところまで来ると、エリザは、

「あんなこと言わせてていいの⁉」

と、はっきりと怒っていた。

一方で、アンジェは、

「あなた……さっきと違って嬉しそう」

と、やや困惑していた。

「うん、これなら大丈夫だよって思ったの」

「どういうこと？」

「おじいさんの顔見た？　血色が良くて、昼間からお酒を飲んで、僕――政権の批判をしてる」

「してますね」

「そういう余裕と自由があるのが一番いいんだ。善政は善政だと思われてないくらいの方がい

いんだ」

「……カルス帝のお言葉」

つぶやくエリザ、頷《うなず》く私。

生活が安定して未来が見えて、政権批判もできる。

どうやら、税金の件は私の思い過ごしで。

民衆は、余裕があってそれができているみたいだ。

21 ✦ 善人、パーフェクト暖房を発明する

A good man,Reborn SSS rank life!!

テントの中、メイドの一人、アグネスが一人の男を連れてきた。

いかにもいい人そうで、素朴《そぼく》な農民って感じの青年は、テントに入るなり平伏した。

「こ、この度《たび》は拝謁《はいえちゅ》の、え、栄誉に――」

「リラックスして、慣れない言葉遣いをしなくていいよ」

「は、はは――ありがたき、し、幸せっ」

私がいいと言っても、青年はものすごく私に恐縮した。

平伏したまま顔すら上げないで強《こわ》ばって、固まってるのがその証拠だ。

「それよりも話を聞かせて。僕になにかお願いしたいことがあるんでしょ」

「お、お願いなんてとんでもない！」

「うん、だったら話を聞かせて」

なにが「だったら」なのかという突っ込みが入りそうだが、緊張してる相手にそんな細かいことを言ってもしょうがない。

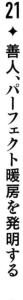

私はとにかく、話をするように促した。

「お、オイラたちはサンモールって村の出身です」

「うん、それで?」

「サンモールは暖かくて、一年中夏みたいなところです」

「……なるほど、ここは故郷に比べて寒いって訳だね」

「は、はい!」

恐縮したまま、そしてやっぱり平伏したまま顔を上げずに応じる青年。

ここしばらく肌寒くなってきている、季節の変わり目だ。

常夏《とこなつ》のところから来た人たちなら、過ごしにくいのは当たり前だ。

「分かった、なんとかしてみる。一晩待ってくれるかな」

「あ、ありがとうございます!」

☆

「それで、何をお探しなんですかアレク様」

私に同行して、一緒に山を登っているアンジェが聞いてきた。

「リファクトっていう鉱石だよ」

「リファクト、ですか？」

「うん。アンジェ、屋敷にいたとき、特に冬は室内でも靴《くつ》を履《は》いてたよね。それはどうして？」

「え？　えっと……やけどしちゃうから？」

「正解」

段差をまず上がって、それから振り向き、アンジェに手を差し伸べ、引き上げる。

「カーライルの屋敷はハイポコーストっていう床暖房がある、でもそれはたまに熱くなりすぎる部分がある、だから部屋の中でも靴を履くんだ」

「はい」

頷きつつ、私をじっと見つめてくるアンジェ。

だから？　と静かに私の説明を待つ。

「熱くならない為にいろんな工夫《くふう》がある。炎を遠ざけたり、床の素材を熱くしたり、場合によっては上に何かを載せたり。いろいろ。でも僕はこう考えた」

歩きながら、賢者の剣を抜きはなって構えつつ、さらに続ける。

「この賢者の剣、ヒヒイロカネって普通はどんなに魔力を注いでも変化しないよね」

「はい」

「それと同じことをすればいいんじゃないかって」

「……はあ」

今一つ分からないって感じのアンジェ。

そうこうしているうちに、私は目当てのものの存在を感じた。

探索の魔法をかけ続けて、存在を探っていた。

目当てのものの、すぐ真上に到着した。

「今から採るから、アンジェはちょっと離れてて」

「わかりました」

言われたとおり、素直に離れるアンジェ。

私は地面に、岩山の岩肌に賢者の剣を突き立てて、魔力を込めた。

何の変哲もない、炎の魔法。

ただし賢者の剣——ヒヒイロカネを通して威力を増幅させる。

炎の魔法が下に向かって広がって、岩をドロドロに溶かした。

溶けていく過程をじっと見守る私、やがて。

「あった」

「何がですか？」

「見て」

私が溶かした岩肌——地中を指さした。

その行動から「もう大丈夫」だと察したアンジェは私のそばにやってきて、溶かしてできた穴をのぞき込んだ。

「あの変な形の岩ですか？」

「変な形というか、地中にあって、周りが溶けてそれだけが溶けなくて残った結果だね。型に石膏《せっこう》を流し込んで型通りのものを作る。それと似た感じだね」

「これがリファクトですか？」

「そういうことだ」

「なるほど……すごいですね、アレク様が手加減したとはいえ、それでも溶けないで残るのって」

「違うよアンジェ」

「え？　なにが違うんですか？」

私はちょっと腰をかがめて、リファクトをひとかけらつまみつつ、アンジェの手を取って、その手のひらに置いた。

「ひゃっ！　熱――く、ない？」

驚き、手のひらの中のリファクトと私、そして穴を交互に見るアンジェ。

穴はまだ赤く、周りがドロドロに溶けている。

その中に焼け残ったリファクトがまったく熱くないことに、アンジェは思いっきり驚いていた。

☆

次の日、テントの外。

昨日陳情《ちんじょう》に来たサンモールの青年と、同じサンモール出身の人々が約五百人集まった。

彼らの陳情、困っていることを解決できたから、教える為に集めたのだ。

私とサンモールの人たちの間に岩でできた地面がある。

その地面はわかりやすく横から穴が掘られてて、岩の板になってる地面の下で炎が燃え盛っていた。

板の一角に四角いブロックがある。

全体的にみれば、出っ張りのあるタイプのステーキ用プレート。

それを大きくした感じだ。

それを使って今から何かを焼くみたいな感じになっている。

当然、それを見たサンモールの民たちが戸惑っていた。

「さあ、その上に乗ってみて」

「えええ!?」

青年が驚愕《きょうがく》する、他の民たちがざわつく。

「…………す、すみませんでした」

青年は少し固まったあと、またまた私に平伏した。

「うん？」

「分《ぶ》をわきまえないで副帝様に迷惑をかけてすみませんでした。なにとぞ！　なにとぞ命だけは！」

「ああ、刑罰だと思ったんだ。違うよ」

私はにこりと微笑《ほほえ》んだ。

青年はおそるおそる顔を上げて、他の民たちはますます困惑した。

仕方ない、私がまずやってみせるか。

靴を脱いで、石の板の上にはだしで乗った。

瞬間、さらにざわつく。

「これは僕が開発した新しい素材でね。いくら火をくべても、温度が人肌くらいまでしか上がらない素材なんだ」

「「…………………えええええ⁉」」

たっぷりを間を開けてから、その場にいる全員が驚きの声を上げた。

「普通は火をつけたら燃えるし、燃えなくても熱くなる。でも、この素材ならいくら燃やしても人肌くらいにしか上がらない。乗ってみて」

さらに促す。

平伏してる青年が私を見て、同郷の者たちを見る。

それからおそるおそると立ち上がり、わらじを脱いで、岩の板に上がってきた。

「あたたかい！」

「ねっ」

私はにこりと微笑みながら、そっと石の板の上から退いた。

青年の反応をきっかけに、次々とサンモールの民が板に上がってきた。

「本当だ、板の上は暖かい！」

「むしろ周りの方が空気で熱いぞ！」

「おいこっち来てみろ！　ここ出っ張り小屋になってて中暖かいぞ！」

少し離れたところで、民たちの反応を見守った。

小屋を作ってみたが、狙い通りの効果になった。

暖房は何種類かあるが、そのほとんどに共通している問題点として、熱いところと寒いままのところが出てしまうということがある。

床暖房はいうまでもなく地面が熱いし、暖炉《だんろ》とかだと炎にあたってるところが暖かくて背中が寒いことがよくある。

東の国の名産であるこたつというものも、使い方を間違えると風邪《かぜ》に一直線という弱点がある。

それを克服したのが、リファクトを建材に使ったあれだ。

建材そのものがリファクトなら、全周囲が人肌の温度を発し続けるので、部屋のどこにいても同じくらい暖かい。

強《し》いていえば理論上中心だけ寒いが、それも次第に馴染《なじ》んでいくはずだ。

「すげえ、こんなのあるなんて」

「俺てっきり家を早く建てたり、全部に暖炉つけてくれるとかだって思ってたぜ」

「さすが副帝様だぜ」

五〇〇人が次々とリファクトの体験をして満足しているように、私は新しい素材の成果に満足していた。

22 ✦ 善人、皇帝と信頼関係を築く

A good man.Reborn SSS rank life!!

「じゃあシャオメイ、これをお願い」

「はいっ……えい！」

テントの中、私が渡したリファクトの箱に、シャオメイが魔法をかけた。

黒くて長い、艶《つや》やかな髪がふわりとなびき、高まった魔力が形を変えてリファクトに定着していく。

瞬く間に、リファクト製の箱が凍結されていった。

「できました、アレクサンダー様」

「どれどれ……うん、永久凍結は成功してるけど、ほらここ」

箱をシャオメイに見せて、その一角を指さして指摘する。

「あっ、氷の塊《かたまり》が……」

「うん、出っ張りができちゃってるよね。できればこんな感じで――」

私は別の箱を手に取って、その箱に同じように永久凍結の魔法をかけた。

一部凸凹《でこぼこ》ができてしまったシャオメイのものに比べて、私のはまんべんなく、箱の表面に均等な氷の膜《まく》を張った、という形になった。

「つるつるにしてほしいんだ。これは実用品になる予定だから。ほら、お茶碗《ちゃわん》だって磨《みが》き損《そこ》ねて一部突起ができたら使いにくいでしょ」

「は、はい！　そうですよね」

「ちなみに完成形がこれ」

そう言って、あらかじめ用意しておいたコップをシャオメイに差し出した。

「これは……？」

首をかしげるシャオメイ。

それもそのはず、私が差し出したのは、見た目だけでいえばなんの変哲もない、氷水が入ったただのコップだ。

「ちなみにこれ、注いだのは昨夜だよ」

「ええっ⁉　でも氷が残ってます」

「うん、だから完成形。この箱と同じように、リファクト製のコップそのものに、永久凍結の魔法をかけた。見えないくらい、薄皮一枚でね」

「アレクサンダー様……すごい……」

目を丸くして、驚嘆《きょうたん》するシャオメイ。

「これと同じように、見た目じゃ分からないくらいの永久凍結を張るのが目標。こういう箱とか、場合によってはもっと大きい箱にね」

「……夏、ですか？」

箱を手に取って、少し考えたあと、シャオメイが聞いてきた。

「すごいねシャオメイ、さすがだ」

私はちょっと動いたが、やめた。

出会ったときはまだ幼げな少女だったシャオメイも、今やすっかり成長した、大人びた空気を纏《まと》う美女予備軍まで成長している。

ほめるために頭を撫《な》でる、ような年頃ではない。

だから、代わりにもっとほめた。

「魔法だけじゃなくて、頭の回転もピカイチだ」

「あ、ありがとうございます」

照れるシャオメイ、私は箱の一つを取って、話を続けた。

「そう、夏。夏って食べ物にあたる人がおおいんだ。それは食べ物が腐るから。でも、永久凍結をリファクトの材質に覆《おお》って、それで箱を作れば――」

「――絶対に温かくならない、でも凍って使えなくもならない保存庫になる」

「そう。冷凍まではいかない冷蔵――冷蔵庫ができるって訳だね。これができれば食中毒の類《たぐい》が格段に減ると思うんだ」

そう言って、今度はシャオメイを見つめる。

信頼と、期待。

その二つを眼差《まなざ》しにのせて。

「リファクト素材に薄く、しかも簡単に貼れる魔法と技術の開発をシャオメイにお願いしたい」

「な、なるほど」

さらに、とどめに一言。

これを微笑《ほほえ》みながら言う。

「アヴァロンの夏は、シャオメイに掛かっているよ」

「――っ！　がんばります！」

☆

シャオメイが出ていった後のテントの中。

入れ替わりに、お忍び姿のエリザが入ってきた。

「アレク」

「うん？」

「あれが完成したら、帝国にも売って」

「売って？　いや提供するよ？　最初からそのつもりだし」

「ううん、売って」

エリザはきっぱりと言い放った。

この顔は知ってる。

アヴァロンに行けと言ったときと同じ顔。

『歴史にそなたの名を刻みこめ、余《よ》はそれが見たい』

その一言を放ったときとほとんど同じ顔だ。

それで彼女の狙いが分かった。

副帝アレクサンダー発のすごいアイテムだと喧伝《けんでん》したいのだな。

「ありがとう」

「なんでお礼をいうの？」

「鑑定眼《かんていがん》、というべきなのかな。あるいは本質を見抜く能力。エリザのそれは信頼できる。エリザにそう言われると、これが成功しそうだって思えてくる」

私がそう言うと、エリザは目を見開いて驚き、それから頬《ほお》を赤らめて顔を背けてしまった。

「わ、私だって見当違いの時があるわよ」

「ううん、僕は信頼してる。エリザのことを」

「私、を？」

「そうだね、エリザが僕を信頼しているのと同じくらい」

スルッと出てきた言葉だが、言った後「ああそうだ」と思った。

そうだ、間違いない。

私はエリザを信頼してる、それは、エリザが私を信頼しているのとほとんど同じくらい。

それは、自信を持って言える。

だからそれを伝えるために、エリザを真っ直ぐ見つめた。

すると、彼女はますます顔を赤くして、そっぽを向いたままで。

「……頑張るわよ」

と、つぶやくように言った。

普段とは違う恥じらうエリザを、可愛《かわい》いと不意に思ってしまったのだった。

23 ✦ 善人、布教する

アヴァロンが徐々に発展していく。

最初は「光る地面」で、区画になって町に見えていたのが早くも懐かしく思えてくるくらい、あっちこっちで建設ラッシュが起きて、本当の町らしくなっていってる。

「すごいですアレク様」

「うん？」

私の横で、一緒に視察に来たアンジェが、傍《はた》から見ても分かるくらい、ものすごく感動してる顔で呟《つぶや》いた。

「ちょっと前までは何もなかったところなのに、もう町です」

「そのことか。うん、そうだね。ちょっと感動するよね」

「はい！　昨日よりも今日、今日よりも明日。この言葉を知ってましたけど、まさにこういうことですよね」

興奮気味に話す。

気持ちはわかる気がする。

その言葉は割とありきたりなもので、だれでも知っている「成長」や「進歩」を表す内容だ。

だが、それを実感できる者は意外と少ない。

あるとすれば子を成し育《はぐく》んでいくのが近いが、それも男の方は、人によっては実感できない人が多い。

仕事一筋でそれに「気づき」すらしない者も世の中にはいる。

「アンジェ、そこ危ない」

「えっ――ひゃっ」

反応が遅れたアンジェの手を摑《つか》んで引き寄せる。

彼女はバランスを崩して、自然と私に抱き寄せられる体勢になった。

そんなアンジェが立っていたところに、一台の荷馬車が通り過ぎていく。

荷馬車には材木が積み込まれている。

今、このアヴァロンで一番行き交ってるのが材木や石材といった建材系だ。

「ありがとうございますアレク様」

「どういたしまして」

「あれ?」

「どうしたの?」

「あの馬車……」

アンジェが指をさして、不思議そうな顔をした。

指さした先にさっきの馬車がいて、その馬車は既《すで》に目的地に到着してて、荷下ろしを始めている。

下ろされた材木は、完成している建物の中に運び込まれている。

「おうちを建てる為に使うんじゃないですね」

「そうみたいだね」

頷《うなず》き、周りを見る。

アンジェも同じように一緒に周りをみた。

建設ラッシュが起きてるアヴァロンでは、あっちこっちに材木や石材が積み上げられている。

それはどれもが言わば野ざらし、建設の最中だから当たり前だが、屋外に積み上げられている。

一方で、アンジェが不思議に思ったヤツは、材木を下ろして、建設がいかにも完了している建物内に運び込まれている。

「何に使うんでしょう」

「行ってみようか」

「はい！」

頷くアンジェを連れて、材木を搬入《はんにゅう》している建物に向かっていった。

「ちょっと話、いいかな」

「今忙しいんだ――って、副帝様!? すいやせん! 副帝様とは知らずに失礼な真似《まね》を」

材木の搬入を指揮してる、現場監督らしき者に声を掛けた。

最初は私に気づかなかった彼はものすごく恐縮して、しきりに頭を下げている。

「気にしないで。それよりも話が聞きたいんだけど、忙しいのなら後にするけど」

「大丈夫です! なんでも聞いてくだせえ」

「うん。ここは何をしてるところなの? この材木は?」

「ここは彫刻ギルドで、彫刻職人が集まってるんです」

「なるほど」

「そうだったんですね」

私もアンジェも納得した。

彫刻ギルド、それなら木材を建物の中に運び込んでも不思議はない。

「いやあ、最近は家がバンバン建つもんだから、こっちもその分注文が入るんですが、材料の取り合いになってしまうんですよ」

「どうしてですか?」

アンジェがまた不思議そうな顔をしたが、その理由は知っている。

彫刻ギルドと分かれれば理由も分かる。

「多くの家には簡易的な神棚《かみだな》があるんだよ、アンジェ。信仰してる神様を祀《まつ》ったり、御先祖様を祀ったりとね。お店とかも商売の神様を祀る神棚があったでしょ」

「あっ、はい！　ありました！」

「そういうことだね。必須《ひっす》ではないけど、家具みたいなものだね」

「いやあ、それが今や一家一体ってくらい注文が入ってるんですわ」

「え？」

軽くびっくりした。

民家に神棚を飾る習慣があるのは知ってたけど、一家一体なんて割合としては多すぎる。

背中に背負ってる賢者の剣に聞いてみた。

うん、やっぱり普通はそこまで高くはない。

神棚といったいわゆる「神具」は、農村部で七割、都会で約三割という割合らしい。

「どうしてそんなにみんな注文してるの？」

「それは……」

男は口籠《くちご》もった。

視線が泳いで、ばつが悪そうな顔をした。

アンジェはまた不思議がった。

「なにか、言えないようなこと」

「いえ！　そういうわけじゃないんですが……あっいや、無断っちゃ無断なんですが」

「……？」

私まで不思議に思い、首をかしげだした。

男はぼりぼり頬《ほお》を掻《か》いたが、やがて観念した顔で。

「ちょっと待ってください」

と言って、建物の中に入っていった。

「どうしたんでしょう？」

「実物を持ってくるんじゃないかな」

「なるほど」

アンジェが納得した直後、男は再び姿を現した。

手に持っているのは両腕で抱えることができる、赤ん坊サイズの木像だ。

その木像は――。

「アレク様だ」

「うん、僕だね」

アンジェと私は不思議がった。

男はばつの悪そうな顔のまま。

「副帝様の像をって注文が殺到してるんです。で、うちは何人か副帝様とアスタロト様の像を作ってた経験のあるヤツがいるから、それで」

「なるほど、そういうことだったんだね」

「すごいですねアレク様。しばらくしたら至るところにアレク様がいるようになりますね」

「うん、そうだね」

私はにこりと微笑《ほほえ》んだ。

なんのことはない、無断で私の木像を作ってるのを申し訳なく思ってただけだ。

私はなんとも思わなかった。

彼も言ったように、既にアスタロトと一緒にって感じで、アスタロトの加護を受けるための神像をあっちこっちの農村に配置しているから、今更だ。

だから糾弾《きゆうだん》する気はないが――。

「せっかくだし、利用させてもらうよ」

「え？」

きょとんとする男。

私は手を伸ばして、自分の形をした木像に手を触れた。

神格者としての力を使い、木像に力を込める。

木像は一瞬だけ神々《こうごう》しく光った。

「い、今のは？」

「ちょっとだけおまじない」

「副帝様……ご本人様のおまじない……ありがとうございます！」

男はぱっと頭を下げた。

「ありがとうございます！」

「あしたから木材をいったん僕のところに持ってきて。全部やってあげる」

男は米つきバッタになってしまったかのように頭を何度も何度も下げ続けた。

それに見送られる形で、私とアンジェはその場から離れた。

「アレク様、あれに何をしたんですか？」

「おまじないだよ」

「そうじゃなくて」

アンジェはにこりと微笑んで。

「具体的に何をしたんですか、って意味です」

「ああそういう。うん、神格者の力、神力を込めてみたんだ。力を込めて留めただけだから、たいした意味はないけどね」

「そうなんですね。あっでも、神力ってことは、文字通りの神像になりますよね」

「あはは、そうなるね」

アンジェと笑い合いながら、建設ラッシュのアヴァロン視察を再開した。

この後、「副帝様が直々に清めた」という謳《うた》い文句の神像が、一家一体を超える一部屋一体で普及していき。

私はしばらくの間、材料のおまじないに追われるのだった。

24✦善人、自分の本質を知る

A good man.Reborn SSS rank life!!

「なにとぞ、なにとぞよろしくお願い致します！」

生まれたばかりの赤ん坊を抱いた母親と、それに寄り添う父親。

二人は私にさらに頭を下げてから、若干《じゃっかん》気落ちした様子でテントから出ていった。

「珍しいわね、あなたのところからしょんぼりと肩を落として帰るのって」

その入れ替わりに、エリザが入ってきた。

またまた、お忍びでやってきたエリザ。

今日も一段と綺麗《きれい》に見える格好で、テントに入って私の横にやってくる。

「何があったの？」

「名前をつけてほしいっていわれたんだ」

「名前？　ああ、生まれたばかりの赤ん坊にね」

頷く私。

若夫婦が抱っこしてる生まれたばかりの赤ん坊。

特に気にも留めないありふれた光景だが、言われれば間違えようがない特徴的な光景でもある。

「生まれた子に是非《ぜひ》名前をつけてほしいって、今日だけもう五組目だよ」

「しょんぼりしてたってことは、断ったのね。どうして？」

「両親がちゃんと健在な子はやっぱりご両親につけてもらうのが一番だと思うんだ。名前って、親からもらう最初で、最後まで使う、一番大事な贈り物だから」

そう、だから私も「アレクサンダー」を名乗っている。

前世の記憶を持っていても、感覚上では父上も母上も私より年下——若い人間だけど。

それでも、両親からの贈り物、名前を大事にしている。

前世の名前は数十年使ったから今でも良く覚えているが、生まれ変わってから一度も使ってない。

マルコシアスとも、サンとも訳《わけ》が違う。

ご両親が健在な子供の名前を私がつけるのはいかがなものかと思う。

「だったら、真名《まな》とか、洗礼名とか、色々あるじゃない？」

「うん？」

「あんた、神」

エリザは立ったまま、ズビシッと私を指さした。

「……うん、そうだね。厳密には神格者だけど」

「神でいいのよ、人間からしたら同じ」

「そうだね」

「実際に神っぽいこともしてる、女神も天使も配下にしてる」

「……そうだね」

今までやってきたことを羅列《られつ》されるだけで、なんかちょっと気恥ずかしくなってくる不思議。

「特に最近のことも聞いてる。このアヴァロンの民にとって、あなたは神も同然なのよ。領主というよりはね」

「なるほど、そうかもね」

「だったら、両親がつける名前とは別に、神がつける、神にしか名乗っちゃいけない名前。というのをつけてやればいいんじゃない」

エリザが提示する解決案は結構シンプルなものだった。

というより。

「僕が複雑に考えすぎてたかもね」

「アレクのクセだからね」

「僕のクセ？」

「あんた、お人好し」

ズビシッ！

と、本日二度目の指さされ。

それは割と、新鮮な評価だった。

「そうかな」

「それかサービス精神旺盛《おうせい》すぎ。いい？　アレク、あんたの本質は『一歩先』なのよ」

「一歩先？」

「何かを解決しなきゃいけなくなったとき、アレクはいつも普通の解決よりも一歩先の、さらにいい解決をしてる。力があるからそうなってるのか、それとも性格がそうなだけなのか」

「ふむ……なるほど」

少し考えてみる、今までのことを振り返ってみる。

思い当たる節は……割とある。

「まあ、それをいつもできてるのがすごい――いやとんでもないんだけど」

エリザは呆《あき》れた笑顔を浮かべた。

「でもそれって基本的にお人好しなのよ。今回も、つけるならつける、つけないならつけない。それでいいはずなのに、アレクは自分の……まあちゃんとした理屈があって、それに反するから、『両親につけさせる前提でその両親も満足する何か』を考えてたんでしょ。だから悩んでる」

「すごいね、完全に僕の思考を見抜いてる」

「付き合いの長さは伊達《だて》じゃないのよ」

胸を張るエリザ。

「まっ、別にいいんだけどね。その考え方があるから、あんたは最近、いろんな新しいことを生み出してるんだし」

「ああ……なるほど、それもここからきてるんだ」

「だから悪いとは言わない、むしろすごいって思う。その上であえて言う――あんたお人好し！」

三度、ズビシッと指さされる。

三度もやられると、その上懇切丁寧《こんせつていねい》に説明をされると。

なんだか面白くなってくる。

「そうだ、エリザに相談したいことがあった」

私は少し話を変えた。

「なに？」

「さっきの赤ん坊もそうだけど、ここに来てから何十人も赤ん坊が生まれてきて、それを見たけど」

「うん」

「全員が、Bランク以上だったんだ」

「そう」

「そうって、反応が薄いね」

「そりゃそうよ。そうなるんじゃないかって思ってたんだもん」

「え？」

「魂のランクは生まれる場所にも反映する。高ランクほどいい場所に生まれてくる」

「そうだね」

だから私は公爵家だし、皇帝なんかほとんどがAかSランクだ。

「アレクサンダー・カーライルが復興した理想郷アヴァロン。これ以上ない環境じゃない。あんたが生きてる間、ここに良質な魂が生まれてくるって踏んでたのよ」

「……エリザすごいね、人間の力——為政者《いせいしゃ》の力だけで魂の流れをコントロールしてる」

「実行してるアレクの方がよっぽどすごいけどね」

「それはいいんだけど、ここにエリザがいう良質の魂が集まってくるってことは、他にもしわ寄せがいくってことなんじゃないのかな」

「相談ってそれ？」

「うん」

頷《うなず》く私。

「そしてアレクはそれを憂《うれ》いてるけど、ここの開発をやめるつもりは毛頭《もうとう》ない」

「……あっ」

ちょっとだけ、顔がかあとなって、赤くなったのが自分でもわかった。

話を変えたはずなのに、さっきと同じ話に戻ってきたのだ。

そう、私はそれでもやめるつもりはない。

やめないで、アヴァロンを発展させるのを続ける前提で、しわ寄せもなんとかしようと考えてる。

エリザが指摘したことそのままだ。

「それも、あたしの罠《わな》」

「え？」

「こういうひずみを作れば、アレクがいずれしわ寄せのいった、低ランクの魂が集まってる地域、その人々も救いに行く。そして、歴史に名が残る」

「すごいね、エリザは。そこまで考えてるんだ」

正直脱帽だ。

私の力を搾《しぼ》り尽くそうかという――まさに神の一手。

「何度も言わせないで」

エリザはにこりと微笑《ほほえ》む。

「本当にすごいのは実行してるアレク。あたしはそんなアレクを歴史に残したいだけ」

やっぱりすごいな、と私は思ったのだった。

25 ✦ 善人、運命の地を書き換える

A good man.Reborn SSS rank life!!

「ありがとうございます！」

くじを引いた若い夫婦が、光に導かれてテントから出ていったのを見送った後、同じテントの中にいたエリザが話しかけてきた。

「それが運命のくじ引きね。話は聞いてたけど実際に見るのは初めてだわ」

「そうだったの？　なんだかんだでもう見てるものだとてっきり」

「私もそう。話は聞いてるから、なんだかんだでもう見てるものだと自分でも思ってた」

「不思議だね、それ」

「アレクのやることは想像つくし、最近はもう驚きも少ないからね」

肩をすくめておどけるエリザ。

「アレクは引いたの？」

「僕は引いてないけど、アンジェは引いたよ」

「へえ、あら、何その照れ顔」

「……顔に出てた？」

　私は苦笑いした。

　これを言わなきゃ良かったって思うが、隠すようなことでもない。

　アンジェとしても「当たり前のこと」だからあえて言うまでもないことだが、そのうち世間話の中でポロッと出るものだから説明しておくことにした。

「僕だった」

「アレク？」

「アンジェの運命の居場所は僕のそばらしい」

「へえ。ひゅーひゅー、熱いね」

　エリザは普通に納得したが、直後に思い出したようにありきたりなからかい方をしてきた。

「こうなると思ったよ」

「でも当たり前のことだもんね。確か彼女と私の魂、ほとんど同ランクだったのよね」

「うん」

「帝国皇帝に生まれるのに匹敵《ひってき》する居場所、まっ、当たり前よね」

　それで納得するエリザはすごい人だと思った。

「となると、私が引いたら帝都まで導かれるのかしら」

「玉座《ぎょくざ》だね。うん、そうかもしれない」

「引いてみていい？」

「どうぞ」

私は抽選箱を差し出した。

空白のくじしか入ってない箱、引いたらその人の魂に反応して、運命の場所に導く魔法の仕掛け。

エリザは何気ない仕草で手を入れて、一枚のくじを引いた。

くじはエリザの手の中で溶けて、光となった。

蛍《ほたる》のような小さな光はゆらゆら漂って――このテントを指した。

「あら、これってアンジェと同じってこと？」

「ううん、アンジェの時は僕が光った」

「となると、居場所はアレクじゃなくて、文字通りここってことかな」

「そういうことになるね」

「うーん、そりゃ遷都《せんと》も考えてたけどさ」

「え？　そんなことを考えてたの？」

驚く私。

エリザがポロッと漏《も》らしたとんでもない一言に驚いた。

「そりゃそうよ。アレクがここを発展させる、高ランクの魂も集まる。アレクが生きてるうちは帝都以上に発展するのが目に見えてるじゃない」

「……なるほど」

そういう言い方をすれば確かにエリザの言うとおりだ。

帝都以上に発展するのが確実視しているのなら、遷都も視野に入っていなければおかしい。

「でも、帝都には伝統とかそういうのがあるんでしょ」

「そういうのにこだわって帝国のさらなる発展の可能性を逃してたら馬鹿らしいじゃない」

「それはそうだけど」

「何はともあれ、私の居場所はここ。いずれここに来るのが運命なのね」

「一応ちょっと違う。ここに来なくてもいいけど、ここに来た方が一番いい、ということだね」

「一緒じゃないそれ」

「そうだね」

世の中は運命に素直に従える人間ばかりじゃない、って言いかけてやめた。

そういうことに、エリザはびっくりするくらい柔軟だ。

皇帝でありながら、私に「副帝」と「国父」の称号を引っ張り出してきた時点でそうだ。

「……」

「まーた始まった」

「え?」

少しだけ考えごとをしてたら、エリザがそんなことを言いだした。

見ると、彼女はニヤニヤしていた。

「まーた始まったって？」

「今のやつ、私の運命の居場所が分かったから、何かを乗っけてさらに一歩先の何かを考えてたんでしょ」

「あはは、すっかりばれてるね」

「付き合い、長いからね」

数日前にエリザに言われたこと。

エリザもそのことをしっかり言葉にしたことで、今までよりもはっきりしたって感じだ。

「うん、何かできる気がするんだ。遷都までいかなくても、何かね」

「私の居場所ね。ここに墓建てるのは？　皇帝の墓って生前から建てるし」

「そういえばそうだね」

皇帝を相手にする時に様々なタブーはあるが、意外なことに、死後の墓のことを検討《けんとう》することはタブーではない。

皇帝の墓はどの時代もかなり巨大で豪華なものを建てるし、当然生前から建設を進めないと間に合わないし、ある意味「終《つい》の棲家《すみか》」で、後世まで残すものだから、皇帝によっては自分の趣味全開だったり、実績をこれでもかってくらい宣伝する為の造りになってたりする。

元々私との間にタブーのないエリザだから、余計にあっけらかんと墓の話になった形だ。

「そうかもね、お墓が運命の場所ってパターンもあるかも。人によっては即身仏《そくしんぶつ》とか、人柱《ひとばしら》とかで土地と一体化するし」

「まっ、どのみち最終的にはここに来るってことだね」

「……」

「何か思いついた？」

「めざといね。うん、一ついいことを」

「何？」

「ちょっと待ってて」

私は素材袋から小さめの人形を作った。

人の形をした、子供のおもちゃくらいの人形だ。

それを持ったまま、魔法をかけてから、エリザの目の前で引き裂く。

すると、人形は光と化して、テントの中の左右――まったく反対となる二箇所《かしょ》に出現した。

「ふむ、どういうこと？」

現象は理解した、と言外《げんがい》に匂《にお》わせつつ、説明を求めてくるエリザ。

私は片方を指して。

「魔法学校」

と言い、もう片方を指して、

「ここ」

と言った。

エリザは賢い、一瞬きょとんとなった後。

「アレすらもダミーにするのね」

私は頷いた。

魔法学校は、帝国皇帝が戦争や内乱など逃げるときに最後の砦《とりで》に使う場所だ。

しかしそれは、ある程度公然の秘密でもある。

私は今、天使アザゼルの力を使い、エリザに何かあったときに直接あそこに飛ぶ魔法をかけている。

それは魔法学校の校長を含め、何人かが知っている。

逆を言えば、何人「も」知っている。

そこにさらに保険を掛けるというのだ。

「運命の地、その力を利用すればもっと確実に、フェイント込みでも確実にここに飛ばせる」

「さすがね、その発想」

エリザはにこりと笑った。異論はないようだ。

彼女の首肯《しゅこう》を得たので、私は彼女にかけているいざという時の術式を組み替えることにした。

26✦善人、自分の天使を作る

A good man,Reborn SSS rank life!!

「ご主人様、面会の申し出がございます」

建設中の館、工事中のそこを眺めていると、メイド長のアメリアがやってきた。

「面会？　どういう人？」

「ホーセン・チョーヒ様でございます。半日ほどで到着なさるとか」

「ホーセンが？」

てっきりこのアヴァロンの領民か、それとも後追いで移住希望してきたもののどっちかと思ったら、完全に顔見知りの人だった。

「面会というか遊びに来てくれたんだ。そうだね……どうしよっか。館はまだまだだし、東側の歓楽街がもう稼働《かどう》状態にあるんだよね」

「はい、商売人たちが真っ先に完成させました」

うん。

町の建築ラッシュを支えているのは大工などの肉体労働者で、そういう人たちは酒場をはじめとした夜の娯楽《ごらく》を求めることが多い。

従って、このアヴァロンも歓楽街は住宅街よりも早く形になって、人と物――つまりは金の出入りが激しくなっている。

「酒場を一つ貸しきって、ホーセンをそこで歓待《かんたい》しよう」

「かしこまりました」

アメリアがしずしずと一礼して、ホーセン到着までの準備に出かけていった。

ホーセンと会うのも久しぶりだ、せっかくだし、歓待しなきゃだ。

「神よ」

「副帝様」

歓待の仕方を考えていると、今度は別の誰かが私に呼びかけてきた。

振り向くと、そこにいる美しい二人は、決意の表情をしていた。

☆

館（建設中）の東に少し行ったところの歓楽街、その中で一番立派な三階建ての酒場。

その最上階の個室に、私たちは一緒に入った。

「おう、待ってたぞ義て……い」

大きい窓から街並みを眺めて、既《すで》に酒盛りを始めているホーセンがこっちを向いた。が、目をむいて、口をあんぐりと開け放って、言葉を失った。

「どうしたの？」

「――はっ！　やるな義弟！　それだよそれ！」

ホーセンはぱっと立ち上がって、私に駆け寄ってきて、肩を組んで背中を叩いてきた。

ホーセンが呆然《ぼうぜん》とし、その後喜んだのは私の左右で一緒に部屋に入ってきた二人の女。

ミアとリリーだ。

片やプリンセスドレス。私が作った自動修復機能付きの白を基調にしたドレスを纏《まと》うミア。

片やナイトドレス。貴婦人と見まがう気品と色気をハイレベルで融合《ゆうごう》させた黒を基調にしたドレスを纏うリリー。

そして、それをまるで寵姫《ちょうき》の如く従え、侍《はべ》らす私。

ホーセンはさらに私の背中をパンパン叩いた。

「うん！　でっけえ男はこうでなきゃな。ていうか――」

ホーセンはもう一度二人を見た。

またちょっと見とれてから。

「――いい！　すげえ！　完璧《かんぺき》だ」

と、手放しで大絶賛した。

「ほめるね」

「ほめるさあ。かー、すげえよすげえよ。完璧だよ」

「どこが完璧なの？」

「わかんねえか？　よし来い義弟」

私と肩を組んだまま、半ば連行するかのようにテーブルに連れていき、一緒に座った。

「この二人は美しい、そして一目で分かる、『安くねえ』ってな」

「安くない？」

「おうよ。例えば――綺麗《きれい》なだけの娼婦《しょうふ》を侍らしたところで、そいつらの空気で男は成金か見る目のないアホに見える」

「それは言いすぎなんじゃないかな」

「綺麗なだけで中身ないよりかは、多少とうがたっってても貴族の未亡人侍らしたほうがまだマシ」

「言いたいことはわかるけど」

ちょっと苦笑いした。

ホーセンの言論は過激だった。

「もちろん、綺麗で上品なのが一番だ」

「それはそうだね」

はしなかった。


「うん、僕もそう思う」

ホーセンの言葉はまわりくどかったが、ミアとリリーの二人をほめてくれてるから、悪い気はしなかった。


いや、むしろ誇らしかった。

「なにより、二人は義弟のことを立てている！」

びしっ！　と二人の方を指すホーセン。

「自分の美貌《びぼう》を誇るでもなく、気品を見せつける訳《わけ》でもない。美貌も気品も主を引きたてる為にある。こういうの知ってるぞ。おい」

ホーセンは二人に水を向けた。

「綺麗に見せるだけならもっといけるだろ？」

と、質問のように見えて、その実ただの確認みたいな口調で聞いた。

ミアとリリーは黙してこたえなかった。

それは黙認であった。

「ほらな」

「ホーセンが威張ることじゃないと思うけどね」

「なにをいう、これを見抜けるのは帝国広しといえど俺様しかいねえ」

「ソムリエだね」

なるほどと思った。

ホーセンのそれはただの審美眼《しんびがん》とも違うから、本人の自負通り特殊技能に近いものなんだろう。

そうなると――と思い、ちらっと二人を見た。

そんな特殊な美しさになるのに、二人はきっとかなり努力したに違いない。

なにか後押しをして――。

「で、義弟はここからどうする？」

「え？」

「陛下から聞いたぜ？　この二人をさらに綺麗にするんだろ？　今の俺の言葉で気づいたってことはこの段階は義弟の意図したもんじゃないだろうしな」

「まいったね」

私は頬《ほお》を掻《か》いて苦笑いした。

「エリザのせいで色々やりにくくなるかもしれない」

「いいじゃねえか、いいことなんだからよ。で、どうするんだ？」

「そうだね……とりあえずシンプルに綺麗に見えるようにしよっか。話を聞く限り、調整は二人でできるみたいだし」

「それをどうやるんだ？」

ホーセンはまるで、誕生日プレゼントをもらう幼い子供のように、目をキラキラさせていた。

私は背中の賢者の剣に触れて、知識を引き出す。

そして持ち歩いている素材袋の中に手を入れて、素材から組み替えて目的の物を作り、取り出した。

出したのは二つの小瓶《こびん》、琥珀《こはく》色の液体が入っている。

「なんだこれは？」

「女の人が綺麗になるにはいくつかの方法があるけど、一番効果が出やすいのは恋をすることだって聞いた」

「おう」

ホーセンは大きく頷《うなず》いて、即答した。

この話に即答するヒゲ面《づら》の豪傑《ごうけつ》というのもどうかと思ったが、話を続けた。

「これは恋する気分になる薬。ああ、誤解しないで、媚薬《びやく》じゃないよ。文字通りの恋する気分になるだけ」

「なるほど、無理矢理恋愛モードにして綺麗にさせるってわけかい」

「そういうこと。理論上はこれで限界まで綺麗になれるはずだよ」

頷き、ミアとリリーの二人を向いて。

「ある意味相手の気持ちをねじ曲げるものだから、あまりいいとは言えないけど――」

「神の恵み、拒絶するはずもない」

「ありがたく頂きます」

ミアもリリーも、まるで躊躇《ちゅうちょ》することなく、私から小瓶を受け取って、中の液体を飲み干した。

「がっはっは、さすが義弟の女たちだ。で、効果はいつ頃出る」

「すぐに出るはずだよ」

「おう」

頷くホーセン。

しばらくの間、彼と一緒にミアとリリーを見つめた。

賢者の剣の知識通りに作った薬だ、効果は三〇秒もしないうちに現れる――はずだった。

が、三分たっても何も変化は起きなかった。

「どうしたんだろう」

「まあこうなるわな」

「どういうことなのホーセン？」

「この二人は最初っから義弟に恋してるってこった。義弟の為にそっちの美しさはもう極めちまったってことだよ」

「そうなの？」

びっくりして、二人を見る。

ミアも、リリーも。

恥ずかしそうにちょっと目をそらした。

「がっはっは、モテモテだな義弟よ。まっ、こういう失敗はむしろグッドだ、今日は酒がうまくなりそうだぜ」

ホーセンは大笑いして、大声で酒と料理を持ってくるように叫んだ。

失敗って訳じゃないけど、そっかもう……と、私は思ったのだった。

☆

その日の夜、仮設した私の書斎。

ムーンフラワーを動力にしたライトの下、私はミアとリリーを呼び出した。

「お呼びか、神よ」

「うん、ちょっと二人に提案があってね」

「なんでしょうか。私たちにできることならなんでもします」

内容を聞く前に請け負ったリリー。安請け合いと言われてもしょうがないほどの勢いだが、ミアもリリーと同じ目をしていた。

「あの薬で綺麗にならないのなら、二人の見た目の美しさは極まったといっていいと思う」

「恐縮だ」

「まだまだだと思います」

「そこで提案」

私は手を差し出した。

両手の手のひらの上にそれぞれ、鮮血のような色の、雫《しずく》のような形の塊《かたまり》があった。

イヤリングかペンダントになりそうな、宝石のようなものだ。

「これを飲んでみないかい、効果は――」

私が最後まで言う前に、ミアとリリーは同時に一歩踏み出して、それを受け取って同時に飲み干した。

これも思いの強さがなせるわざか。

俺が提案するものは全て受け入れる、と暗《あん》にそう言われたようだ。

胸がじんわり熱くなる。

「ありがとう」

「神の提案に背くはずもない」

「きっと私たちに益《えき》のあるものだと思います」

信頼も絶大だった。

「うん、ありがとう。一応説明だけはするね」

「はっ」

「わかりました」

「それは僕の血を精錬したもの。効果は疑似《ぎじ》天使」

神格者の能力を応用して作ったものだ。

「寿命《じゆみよう》は人並みのままだけど、見た目は歳《とし》をとらなくなる、そういう代物《しろもの》だよ」

「「――っ！」」

効果を説明されて、二人ははじめて驚き、互いの顔を見た。

つまりは不老。

色あせない美貌というのは多くの女性が望むものだ。

美を追究し、見た目の頂点を極めた二人にふさわしいものだと思った。

「感謝する、神よ」

「ありがとうございます！」

「次は内面だな」

「ええ、この見た目のまま年齢を重ねて内面を鍛えれば」

「より、神にふさわしい左右になる」

頷き合うミアとリリー。

見た目はもう変わらないかもしれないが、二人の気持ちは彼女らをさらに綺麗《きれい》にしていく。

私は、そう確信したのだった。

27 ✦ 善人、詐欺を締め出す

「アレク様、ちょっとお時間いいですか？」

建設中の屋敷、それのすぐ前の仮設テント。

令嬢メイドたちにあれこれ執務の指示を出していると、アンジェがやってきた。

珍しく浮かない顔をしている。

彼女がこんな顔をするなんて珍しい、俺は手をかざして、メイドたちを全員一時的に止めた。

「ごめんなさいアレク様……」

「いや、アンジェ――」

「アンジェ様がそんな顔をしてる方が一大事です」

「何かありましたか？」

「狼藉者《ろうぜきもの》なら私にお任せを」

私が言いかけたのをほとんど遮《さえぎ》る形で、令嬢メイドたちが消沈しているアンジェの元に駆け寄った。

私同様、そんな表情をしているアンジェがほっとけないようだ――なのだが。

「すこしやけちゃうな」

などとつぶやいてしまった。

「ありがとうみんな。アレク様……これなんですけど」

やっぱり私じゃないとダメなのか、アンジェは手に持っている一枚の札を手渡してきた。

受け取って、表に裏にまじまじと見つめる。

それっぽい紋様《もんよう》が描かれている、ただの紙だ。

「これは何？」

「最近町で流行《はや》っているものです。えっと、お年寄りの方を中心に、皆さん寄付をすることが多くなってます」

「寄付？」

首をかしげつつ、少し離れている場所に立っているアメリアを見る。

メイド長という立場を守ったのか、彼女は他のメイドたちと違ってアンジェには駆け寄らなかった。

顔は心配しているのがありありだったが。

私に次いで、というより一部の細かいことなら私よりも把握《はあく》しているであろうアメリア。

水を向けると、彼女は静かにうなずいた。

「はい、そのような傾向が見られます」

「どうしてなの？」

「寄付というのは、もっともわかりやすく、手っ取り早い『善行』です」

「うん」

「年寄りの多くは『次の人生は最初からアヴァロンに生まれたい』という願望が広まっていて、その表れでございます」

「なるほどね。うん、善行を積めば積むほどここに生まれやすいのは確かだね」

何しろ、アヴァロンに来てこの地の再生を始めてからというものの、新たに生まれてくる子供の魂はほとんどがBランク以上だ。

Bランクというのは、取り立てて大きな実績はないが、百人中九十九人が「あの人はいい人だ」と認めるような善人のランクだ。

それを知っている訳《わけ》ではないが、徐々に「楽園」と見なされてきたここに、再び生まれ変わるには善行を積むしかない。

というのは当たり前の発想だ。

「そのことがどうしたの？」

再び、アンジェの方を向く。

「最近、そのお札が売られているんです。功績符《こうせきふ》、という名前です」

「功績符」

なんか、きな臭《くさ》い話になってきたな。

「えっと、売られてるというのとも違って。寄付を受け付けた人が発行して、これを持ってると次もちゃんとアヴァロンに生まれ変わる、っていう」

「……アンジェの言いたいことはよく分かったよ、そんな表情をする理由も」

「はい……」

またちょっと沈むアンジェ。

アンジェが最初にその言葉を使ったように、この功績符とやらは実質「販売」されているものだ。

そして、詐欺《さぎ》でもある。

この紙自体、アンジェから受け取った直後に観察した通り、なんの効果もない、それっぽい紋様が描かれているただの紙だ。

つまりはお年寄りの願い——いや不安か。

それにつけ込んだ詐欺ということ。

「ありがとう、アンジェ」

私は立ち上がって、囲んでいるメイドたちをかき分けるようにして、アンジェの前に立ち、手をとった。

包み込むように握って、微笑《ほほえ》む。

「後は僕に任せて」

「はい！　お願いします、アレク様」

「と、いうわけで、ひとまず全ての仕事を中断するよ」

言って、ぐるりと周囲を見回す。

メイドたちが全員、はっきりと頷き、目に強い光を湛《たた》えた。

「いかがなさいますか？」

聞いてきたのはメイド長のアメリアだった。

それを皮切りに、他のメイドたちが次々と意見を出し合った。

「そういうの、偽物だと注意喚起《かんき》します？」

「ご主人様以外はこういうのやらないし意味がないって広めるのがいいと思う」

「厳罰に処すべき、それで止めた方がいい」

「そんなことよりも、もっと根本的なことをしよう」

「根本的なこと？」

小首をかしげて、疑問を示すアンジェ。

「結局、次の人生がどうなるか分からないという不安がこうさせると思う。ちゃんといいことをしてきた人ならそんな不安を抱かないでしょう？」

「確かにそうですね」

「それを、可視化してあげればいい」

手をかざして、力――神格者の神力を練《ね》り上げる。

光の玉が目の前の空中に出現する。

「これは？」

「とりあえずプロトタイプ。そうだね……チョーセン」

「はい」

令嬢メイドの一人、公爵令嬢のチョーセン・オーインが応じて、一歩前に進み出る。

「触れてみて」

「御意《ぎょい》」

チョーセンが言われた通り光の玉に触れた。

光は広がり、彼女の体の中に吸い込まれる。

「あっ……」

小さく声を漏《も》らすチョーセン。

少し申し訳なくて、でも嬉しそうでもあって。

「分かる？」

「はい。ありがとうございます、ご主人様」

チョーセンは潤んだ目で私にお礼を言ってきた。

「えっと……?」

アンジェをはじめ、他のメイドたちは状況を理解できずに不思議がった。

私は説明した。

「今のは、その人の善行度――と仮に名前をつけるけど、それをグラフみたいな感じで、触った本人が分かるようにしたもの。チョーセンに触ってもらったのは、みんなの中で一番『上昇』したはずだから」

「ご主人様に引き戻してもらえなければ、来世はどうなっていたことか……」

感謝、そして若干《じやっかん》の恐怖も顔に滲《にじ》ませるチョーセン。

私の元に来た頃はわがまま令嬢だったことをみんな知っていて、その度合いなら生まれ変わったあと低ランクになるだろうと皆予想がつく。

それをはっきり見せたから、この表情になったんだと、全員が一斉に理解した。

「これをもっと気軽にチェックできるようにしよう。これが分かれば騙《だま》されないよね」

「はい!　そう思います!」

「実際の最後の審判の模擬《もぎ》みたいなものか」

「これでテストしてやり直せる機会もできるしね」

「やっぱりご主人様はすごい」

アンジェのキラキラした目と、メイドたちの言葉に包まれながら。
私は、一番使いやすい形を考案し続けた。

28 ✦ 善人、優しくて厳しい

「あら、とうとうナルシストになったの？」

「エリザ」

苦笑いして振り向く、部屋に入ってきたエリザがニヤニヤしているのが見えた。

彼女は私の横にならんできて、一緒にそれを見た。

「アレクの木像だよねこれ」

「うん、今アヴァロンのあっちこっちで作られてるの、一つもらってきた」

「何をするのこれ。まさか本当にこれを眺めて『私は美しい』とかやるの？」

「もう、エリザの中で僕はどういうキャラになってるのさ」

笑いながら抗議する。

エリザのそれは本気じゃない軽い冗談だってのは分かるから、軽く返しておいた。

……本気じゃないよね。

「そうじゃなくて、善行度のテストの話」

「アンジェが言ってたアレね」

頷《うなず》く私。

アンジェから聞いてるのなら、話は早い。

「それをどうしたものかってね」

「そんなに難しい話なの？　それともまた難しくした？」

「あはは」

苦笑いする。

エリザには本当にもう、まったくのバレバレだな。

「うん、難しくしちゃった。とりあえずこれに祈りを捧げれば効果は出るようにはしたんだ」

「どれどれ……あっ」

エリザは私の木像の前で手を組んで、敬虔《けいけん》な修道女の如く祈りを捧げた。

すると木像が光って、彼女の体も光った。

「なるほどね。私Bくらいかあ」

「むっ、どっか間違えたかな。エリザがそんな低いはずはないんだけど」

「ううん、私は納得だよ」

「え？」

「アレクと違って、こっちは色々悪いこともしなきゃだからね」

にこり、とイタズラっぽい笑みを浮かべるエリザ。

帝国皇帝、エリザベート・シー・フォーサイズ。

言われて、そうだと思い出す。

彼女は清濁併《せいだくあわ》せのむタイプの為政者《いせいしゃ》だ。

多分、私が知らないところで色々してるんだろう。

「まあでも、これはありがたいよ。私が思ってるのと同じくらいで、方向性は合ってるってことだから」

「そっか」

私の基準からすれば低すぎるが、当の本人が納得しているのならそれでいい。

「で、この上何をしたいの？」

「低い人が低いままじゃ切ないなって」

「なるほどね。ねえ」

「うん？」

「アレクさ、あのくじ引きやってたよね」

「あのくじ引きって……住むところの振り分けのこと？」

「そっ」

頷き、腰に手を当て指を立てる。

「あれって組み合わせられないの？　いいことができるように誘導する、とか」

「……なるほど！」

エリザのアドバイスで、道が開けたような気がした。

☆

数日後、アヴァロンの街広場に石像を公開した。

広場において、野ざらしにするために、木でも銅でもなく、石で作らせた。

その石像の前で、民衆が次々と跪《ひざまず》き、祈りを捧げている。

悲喜こもごも。

まさしくそんな感じの光景になった。

善行度チェックをした結果、ある者は喜び、ある者は落胆《らくたん》する。

当然のことながら、善行度が高い方が喜びにつながって、低い方が落胆している。

改めて、因果応報《いんがおうほう》と輪廻転生《りんねてんしょう》の二つの考えが、いかに民衆に浸透しているのが分かる。

それを遠くから、私とエリザとアンジェの三人で眺めていた。

「大人気ね」

「そうだね、やっぱりみんな気になるんだ」

「そりゃね。というかそれもアレクのせい」

「へ？　善行度を気にするのがってこと？　前からじゃなくて？」

「昔はもっと曖昧《あいまい》だったし、なんとなくだったよ。変わったのはあの夜」

「あの夜？」

「ハーシェルの秘法の件ですね」

アンジェが代わりに答えた。

ハーシェルの秘法の件。

数百年間囚われた一千万人の魂の解放、その魂が高ランクとして生まれ変わるのが世界中に知れ渡った。

ともすれば幻覚、よく言えば天啓。

そういうものが全世界の人間に見えた一件だ。

「そ。アレクの考え方じゃ何百年経ってもわからないけどさ」

エリザの言葉にちょっと反論したかった——が、転生前の記憶を持っていながらもアンジェに言われるまでわからなかったから反論のしようがない。

「あれで、人間の心に革命が起きたんだ。今まで『なんとなくある』って思ってたものが『やっぱりあった』ってなったからね」

「そっか、あれからかあ」

「だからアレクのせい」

「そうなっちゃうね」

微苦笑《びくしょう》する私。

そっか、私がこうしたのか。

「で」

「うん？」

「まさかこれだけじゃないよね」

「うん、ちゃんと仕掛けてる。そうだね、あそこの——一番前で何度も繰り返し祈ってる女の人」

「低ランクなのを受け入れられなくて繰り返してるあの人？」

「そう」

頷く私。

エリザもアンジェも同時にその人に目を向けた。

祈りで善行度チェックをした結果、大抵の人は納得して去っていく。

なんだかんだ言いながら人間は自分の行いにある程度の心当たりはあるもので、公正にチェックすれば結果はおのずと納得するものになる。

たまに結果に納得できない者もいて、そういう人は大抵「低すぎて納得できない」って形だ。

私が指した人もそれである。

その人は何回か繰り返したが、結果が何回やっても変わらないと知って、落胆した様子で立ち去ろうとした。

そんな彼女の前に、小さな、蛍《ほたる》のような光が現れた。

光は彼女を導く。

アヴァロンの民で、くじを引いてるから、彼女は驚きつつも、それについていった。

そんな彼女が通り過ぎたところに、一人の老婆《ろうば》がいた。

老婆は紙とにらめっこして街をきょろきょろ見ている。

迷子、とはっきり分かる。

その老婆が通り過ぎた直後、蛍の光が消えた。

女は戸惑い、あたりを見回した。

しかし何も見つからず、悪態をついて、やっぱり去っていった。

それを一部始終見ていた私とエリザとアンジェ。

「あれを助けさせようとしたのね」

「うん。善行の手引きだね」

「無理矢理はやらせないの？」

「……僕の基準だとね」

言いつつ、真横をむく。

横に立っているエリザを真っ向から見つめる形になる。

「いいことをするつもりがなくて結果に善行になってもどうかなって思うし、悪いことをするつもりはないけどアクシデントで悪行になるのを罰するのはどうかなって思うんだ」

「……善行も悪行も、その者の心次第ってこと？」

「うん」

エリザは皇帝。清濁併せのむ治世の名君。

行動だけをカウントすれば彼女は確かにBランクだろうが、私はSでもおかしくないと思っている。

「その基準は厳しいよ。神の――本物の神の基準だ」

「そうかな」

「そうよ。だってそれを判断できるの『神』しかいないじゃない」

「そうかもね」

エリザにそう言われて、ちょっと切なくなった。

暗に「理想が高すぎる」って言われた気がした。

「でも話はわかった。案内はするけど、自力で見つけて、いいことをする心がけを養えってことだね」

「うん、そういう感じにしたつもり」

それでエリザもアンジェも納得した。

「厳しいね、アレクは」

「アレク様は優しいと思います」

「厳しいじゃん、厳しすぎるのよ」

「優しすぎるんだと思います」

どういうわけか、エリザとアンジェの二人が私をはさんで正反対のことを言い争いだした。

二人はしばしにらみ合ったかと思えば。

「まあ、どっちでもあってるんだけどね」

「私もそう思います。優しいけど、厳しい」

「だね」

今度は頷《うなず》き、納得し合った。

「まっ、一つ確かなのは。それは人間じゃなくて、神の視点だってことだね。それもどこぞの俗物《ぞくぶつ》よりはよっぽど神らしい」

「アレク様はすごい人ですから」

そしていつも通り、私への評価をまとめる二人だった。

29 ✦ 善人、大きく権限をもらう

A good man.Reborn SSS rank life!!

「臣、アレクサンダー・カーライル。玉顔《ぎょくがん》に拝し、恐悦至極《きょうえつしごく》でございます」

広大な謁見《えっけん》の間で、私の声が響き渡る。

周りにいる大臣や役人、兵士らが神妙な目で私を見ている。

一方で、玉座《ぎょくざ》に鎮座している皇帝、エリザベート・シー・フォーサイズその者は、心なしか不機嫌そうな顔をしている。

「面《おもて》を上げるがよいアレクサンダー卿《きょう》。余《よ》に殊更頭《ことさらこうべ》を垂れる必要は卿にはない」

「ありがたき幸せ」

そう言って、片膝をついた礼をやめて、立ち上がる私。

エリザと目が合う。

何をしに来た、という非難混じりの目で見てきた。

「陛下にお許し頂きたいことがございます」

「なんだ」

「貴族の称号をいくつか、準男爵の位をいただければ」

「なんだ、子でも成したか」

「おお」

「国父様もいよいよですか」

「いやしかし、アンジェリカ様とはまだご成婚なさってないのでは？」

「いやいずれにせよめでたい」

周りからざわめきが、そして歓呼に近い声が上がった。

エリザのそれは皇帝と貴族の間によくある冗談のパターンだ。

高位の貴族は、子供が生まれた時に、子供に貴族の位をもらえるかどうかが、自分の地位と権力を測るバロメーターになっている。

かくいう私も、生まれた直後に父上がその気になって、男爵位をもらってきたため、私はハイハイができるよりも、父上と呼ぶよりも早く男爵になった。

それくらい、当たり前のことだが。

「いいえ、そうではありません」

「それは残念。卿の血筋は後世に残すべきもの。そろそろ考えた方が良いぞ」

「ありがとうございます」

エリザのからかいと、ある意味社交辞令のそれをさらりとかわして、本題に入る。

今日、ここに来た本題。

アヴァロンから帝都に直接出向いて、皇帝陛下に謁見した理由を切り出した。

「商人に、与えるためです」

「商人？」

ざわつきが大きくなる。

「卿が売官の副業を始めたとは驚きだ」

エリザはものすごく楽しそうに笑い。

「売官くらいしてくれた方が余は安心だ。卿は完璧《かんぺき》すぎる」

「ご冗談を」

「して、どういう者だ？」

「まだいません」

「……一から説明せよ。卿のなすことに耐性はついてきたつもりだが、さすがに何も想像つかぬ」

エリザがそう言うと、周りの大臣たちはこくこくと頷いた。

「たいしたことではありません。アヴァロンに商人を誘致したいのです」

「つまるところエサか」

「はい。アヴァロンに産業を持ち込んだ商人に授けようかと考えてます」

「それに限定する理由はなんだ」

「産業を持ち込むと大きく括《くく》っておりますが、要は紡績《ぼうせき》など、器具がいる産業を呼び込みたいのです」

「ふむ」

「農地と同じでございます、陛下。農民は手塩に掛けて育てた土地から離れられません。そこに投じた労力と、一からやり直す労力を天秤《てんびん》に掛ければ、商人も同じでございます。大きな投資を必要な商人をひとたび引き込めば、十年、いえ二十年は同じ土地にとどまってくれるでしょう」

「ふむ」

「なるほど、さすが国父様」

「民と土地のことはわかるが、商人までは考えがいたらぬ」

「私も住み慣れた屋敷から離れられないしな」

「そなたのは貧乏性なだけだ」

大臣や役人たちの冗談が飛びかう。

冗談で流されてるけど、住み慣れた屋敷から離れられないのはまさにそうだ。

家を借りてる人間は移動したりするが、家を買った人間は長年その土地に縛《しば》られる。

同じことだ。

エリザは考え込んだ。

商人に貴族号を与える。

前代未聞とは言わないが、生粋《きっすい》の貴族からすればそう面白くはないのは知ってる。

だからこそ私自ら出向いて、公《おおやけ》の場で頼んだ。

それでもダメかな。

と、思っていたその時。

「分かった」

「おお、ありがとうございます陛下」

「うむ。国父アレクサンダー・カーライルよ」

「ははっ！」

「そなた以下の位なら、自由に授けて良いぞ」

「ありがたき――ええっ？」

言いかけて、驚いた。

盛大に、ひっくり返るくらい驚いて、エリザをまじまじと見た。

「あの……陛下？　今なんて？」

「むぅ？　すまぬ間違えた」

「ですよねえ」

私がほっとしかけたその時。

「副帝より下なら自由にしてよい。さすがに副帝を乱発されるのは困る」

「ええええ⁉」

またびっくりした。

間違えたってそこ⁉

私の好きにさせるって、そんなのいいの？

「報告もいらん、アヴァロンに限れば領地も勝手に振り分けていい」

「あ、ありがとうございます」

予想以上の答えに若干《じゃっかん》タジタジになる私。

「さすが国父様だ」

「陛下との信頼がお堅い」

周りのざわざわも、好意的なものばかりで、ますますタジタジになるのだった。

30 ✦ 善人、システムを作る

あくる日。

アヴァロンの街をアンジェと散策していた。

一時の忙しさがようやく落ち着いてきて、何の目的もなく、街中を歩き回る時間が増えた。

「アレク様！　あれを見て下さい」

「うん？　あっ、ミミックバードだ」

「はい！」

アンジェが指さした先にあるのは鳥屋だ。

帝国の上級階級での流行《はや》り、「雅《みやび》」とされる鳥を飼うこと。

そのためのいわばペットショップ、鳥だけを扱っている店だ。

「すごいですアレク様。こういうお店って、大きな街じゃないとできないはずですよね」

「そうだね。完全に趣味、ううん、それよりワンランク上の『道楽』の域だからね、鳥は」

「ここも、見違えるようになりました……」

目をキラキラさせて、街を見て回るアンジェ。

私と一緒に来たから、彼女はここが荒れ果てた毒々しい大地であった時のことを知っている。

何もなかった荒野だったときのことを見ているのだ。

「あれ?」

「どうしたんですかアレク様」

「あの女の人……」

私の視線を追いかけるアンジェ。

二人が見た先に、鎧《よろい》姿の女が兵士を率《ひき》いているのが見えた。

帝国にあって珍しい光景だ。

「あっ、リースさんだ」

「知ってるの?」

「はい。自警団を率いてるすごく強い人です」

「そういう人と知りあいなんだ」

「えっと……その……みなさんのおケガを治してました。モンスターと戦う皆さんはいつもケガしてますので」

「なるほど」

アンジェは治癒《ちゆ》魔法を高めようとしている。

そのつながりってわけか。

「すごい人なんですよリースさん。男の人だったら将軍様に、ホーセン様に負けず劣らず出世するってみんな言ってます」

「へえ」

それはすごい。

帝国では女は出世できない。

正確に言えば爵位や官位をもらえないのだ。

どうしてもと言うときは、皇帝の義理の娘や、義理の妹にして皇族にすると言う形を取っている。

「……それはもったいないね」

「何がですか？」

「アンジェ、リースさんとは知りあいなんだね？」

「はい……それがなんですか？」

「後で屋敷に来てって伝えてきてくれるかな」

「はい、わかりました」

私が何をしたいのかも言ってないが、アンジェは何も疑うことなく、ちらっとだけ見えたリースに伝えるため小走りで立ち去った。

残された私はきびすをかえして、屋敷に戻りつつ、具体的な形を頭の中でまとめた。

☆

ほぼ完成した領主の館の中、その応接間。

私は鎧姿の女剣士、アレクサンダー・カーライルと向き合っていた。

「初めまして、リース・カレントと申します」

「恐縮です！　リース・カーライルです」

「そんなに恐縮しないで。ちょっと、頼みたいことがあるんだ」

「なんなりと！　国父様のご命令ならば、粉骨砕身《ふんこつさいしん》の覚悟で」

「そんな危険なことじゃないよ」

私は苦笑いした。

このわずかな間で彼女の性格がわかった気がする。

「肩書きをね、受け取ってくれないかな」

「肩書き、ですか？」

戸惑うリース、私はさらに続ける。

「うん、女性に与えるものでね、リースさんにはその第一号になってもらいたいんだ。名称は

——五等帝使。僕の副『帝』と天『使』を組み合わせた造語だけどね。最初だから五等で始めてもらうけど」

リースは血相を変えて、パッと立ち上がったかと思えば、その場で跪《ひざまず》いて頭《こうべ》を垂れた。

「そのような称号をいただけるなど！　光栄です！」

「受け取ってくれるんだね」

「はっ！」

「じゃあこれを」

そう言って、ヒヒイロカネで作ったバッジを差し出した。

「これは？」

「肩書きの証《あかし》、外に出るときはこれをつけてて、それと五等帝使は名前とともに名乗って」

「はっ！　分かりました！」

「それとね——」

私はリースに手招きして、耳打ちする。

ここが重要、肝心《かんじん》なことなのだと、彼女に印象づける為に。

☆

「なんか面白いことを始めてるじゃない」

数日後、いつものように遊びに来たエリザがいった。

「もうエリザの耳に入ったんだ」

「街で持ちっきりよ。女たちがこぞって、あなたからの称号をもらうために意気込んでるわ」

「そうなって良かったよ」

「はっきり聞くけど、それ、爵位のかわりよね」

「そういうことだね」

「なんでそんなことをしたの？」

「女の人たちのモチベーションを上げるために。エリザはしがらみがあるからできないけど、もったいないよね」

「もったいない？」

「世の中の半分は女の人だからね、半分もいる女の人たちのモチベーションを上げたほうが発展も早いって思ってね」

「なら、私から一つ提案、もっとモチベーション上がるやつ」

「どういうの？」

「アレクのメイドたち、あれを全員一等帝使にしなさい。そうすればモチベーションが最高レベルに――」

「うん、それならもうした」

「え?」

驚くエリザ。

「アメリア、チョーセン」

メイドの名前を呼び、影の中から二人を召喚。

メイドの胸もとに、ヒヒイロカネ製のバッジがあった。

ちなみにアメリアの方が若干《じゃっかん》豪華で、大きい。

「厳密にはメイド長のアメリアだけ一等、他のみんなは二等だけどね」

「先回りしてたのね、さすがだわ」

エリザは肩をすくめた。

「ううん、ありがとうエリザ。エリザもすごいよ、発案者じゃないのにそうやって活用してくれるアイデアを思いつくなんて」

「……自分のためだもの」

「え? なんて言ったの?」

「なんでも。しょうがない、一等ほしかったけど、二等で我慢してあげるわ」

「え? あっそっか」

私は苦笑いした、エリザはにやっと笑った。

彼女はすっと私の影の中に潜《もぐ》り込んで、メイド服に着替えて出てきた。
メイドのエリザ。
メイド長ではないから、彼女には二等帝使になってもらうことになった。

31 ✦ 善人、女神を叙勲する

領主の館、私の書斎。

呼び出した女神アスタロトが私の前に立っていた。

部屋の片隅には祐筆《ゆうひつ》のマリと、メイドのアグネスがせわしなく仕事している。

「それじゃ、アヴァロンの農業の方もお願いします」

「分かりました、お任せ下さい主様」

アヴァロンの入植が大分進んでいた。

農業をやる民も多く、そろそろ、最初の収穫の時期になった。

その収穫に豊穣《ほうじょう》の女神であるアスタロトに加護を授けてもらおうと、ここに呼び出したのだ。

「主様の手配に手を加えるのは恐縮なのですが」

「僕のは案内ってレベル。その人が一番力を発揮できる土地に案内したけど、成功を確約するものじゃないからね。豊作に導くためにはやっぱりアスタロトの力がいるよ」

「主様のご信頼、必ずや応えてご覧に入れます」

「うん、ありがとう。お願いねアスタロト」

話が一段落して、私は執務に、別件で上がってきた報告書類に目を通した。

ふと、気づく。

アスタロトがそのまま残っていることに。

「……」

「……」

「どうしたのアスタロト」

「……いえ」

「？　なんか悩んでるの？」

「……」

アスタロトは複雑そうな顔をして、目をそらした。

私は書類を置いた。

アスタロトの反応が気になった。

「何か悩みごと？　言ってみて、僕にできることならなんでもするよ？　アスタロトにはいつも助けられているからね」

「恐縮です。主様にそうおっしゃっていただけるだけで、もう悔《く》いはありません」

「大げさだね。一体どうしたの？　気になるから、ちゃんと話してほしいな」

私は強めに言った。

若干の命令口調になった。

こうしないと、アスタロトは言ってくれないだろうと思ったのだ。

「……人に、転生すべきかと悩んでおりました」

「え？　女神から人にってこと？　どうして？」

「主様の僕《しもべ》になりたくて……」

「僕《しもべ》の僕？」

どういうことなのか、と不思議がった。

アスタロトがちらっと部屋の隅っこ、メイドのアグネスを見た。

「帝使。天使と意味合いを同じくする、主様の僕」

「うん、言葉は天使を参考にしたよ……それになりたいってこと？」

「はい……」

「なんだ、そんなことか」

私は立ち上がって、アスタロトに近づいた。

いかにも女神という見た目の、大人で母性溢《あふ》れる美しいアスタロト。

彼女に近づき、作り置きしてるバッジを取りだして、彼女の胸もとにつけてやる。

「こ、これは！」

「本当の女神にするのはむしろ失礼だと思ったからやらなかったけど、アスタロトが望むなら」

「一等帝使……」

驚きの目で自分につけられたバッジと私を交互に見比べる。

「言葉は天使を参考にしたけど、ランクは帝国の爵位を参考にしたよ。公爵から男爵までの五段階をそのまま数字に。一等帝使は公爵相当ってことだね」

「そ、そのような高位を私が――」

「感謝してるっていったでしょ。アスタロトが今まで僕に協力してくれたことを考えたら当たり前のことだよ」

「主様……」

「はわ……すごい光景です」

「すごいのはご主人様」

「で、ですよね」

部屋の隅っこで私とアスタロトのやりとりに感嘆《かんたん》していた二人のうち、マリを呼ぶ。

「マリ」

「は、はい！」

「アヴァロン、そしてアレクサンダー同盟領に告知。女神アスタロトを一等帝使にするって」

「わかりました」

「同時にアレクサンダー同盟領に、アスタロトの像に一等帝使のバッジをつけること。ここまでは公文書で、追伸《ついしん》とかで『つけないと女神がへそを曲げても知らないよ』って冗談めかす感じで入れといて」

「ほえ……わ、わかりました！」

慌てて文書をしたためるマリ。

一方で、アスタロトはますます感激していた。

神や天使は価値観が人間と少し違うけど、精神構造は人間とそんなに変わらない。

魂が同じなのだから当たり前といえば当たり前かもしれない。

アスタロトは「帝使」になることを望んでいた。

そして、今までは農村にほこらを建てさせて、私とアスタロトの像があって、かつ私が上位になってないと加護をケチることがよくある。

私を「主様」と呼ぶのが本気で、それが行動によく出ている。

それを満たしたのが今の命令。

その気持ちはわかる。

一番の宝物をもらったら、見せびらかしたいのが人情だ。

結果狙い通り、アスタロトはますます嬉しそうにした。

32 ✦ 善人、最強の文字を発明する

A good man, Reborn SSS rank life!!

領主の館、書斎の中。

私はペンを握って、紙の上に絵を描いている。

それをそばでサポートしているメイドのエリザ。

彼女はしばらくじっと私を見つめていたが。

「ご主人様、これは何をしているんですか?」

「指示を出すための絵を描いてるんだよ」

「指示?」

「お触れを出すとき、例えば農村とかだと、誰かが代わりにそれを読んで皆に伝えるじゃない」

「はい」

「だから文字が分からない人でも分かるように、こうしてお触れを絵にして出そうって思ってね。もちろん文字ありと併用するけど」

「そうなのですね」

エリザが納得したところで、私は再び絵を描くのに集中した。

「ご主人様が絵を描くところをはじめて見ました」

「ん？　そうだったっけ？」

「はい、すごく上手《うま》いです。びっくりです」

「昔よく描いてたからね」

「そうなんですか？　アンジェ様からはそんなこと一度も聞いたことなくてびっくりしました」

「ああ……」

思わず苦笑いした。

私は手違いで、前世の記憶を持ったまま生まれ変わった。

この「昔」というのは、生まれ変わる前のこと、前世のことだ。

だからずっと一緒にいても、アンジェが知らないのは当たり前だ。

「アンジェと出会う前のことだからね」

「そんな昔からこんなに上手く⁉　ご主人様すごいです……」

エリザは驚き、素で感心した。

そうこうしている間に絵を描き上げて、部屋の隅っこの机にいるマリを見た。

「マリ」

「はい」

マリは慌てて、バタバタと駆け寄ってくる。

「これを見て、僕が伝えたいことを書き出してみて。素直に感じた通りに、でいいから」

「わかりました」

絵を受け取って、自分の机に戻っていくマリ。

最近は私の「文字がらみ」の仕事を一手に受けていて、それで自信をつけたのか、最初の頃のようなおどおどした感じはなくなってきた。

もともと強い子だから、このまま順調に育っていってほしい。

……アンジェじゃなくて、マリにもちょっとお父さん視線入っちゃってるなあ。

さて、これはとりあえずマリに任せて……あれ？

「どうしたのエリザ。珍しいね、メイドのお仕事してる時に考えごとなんて」

「あっ」

私に指摘されて、ハッと我に返るエリザ。

そう、彼女は天井を見上げて、何か考えごとをしているみたいだ。

「ごめんなさいご主人様！」

「いいよ。何を考えてたのか教えて。エリザのことだから、きっと大事なことなんだよね」

「ご主人様……」

エリザは感激して、目を潤わせた。

「私のこと……そんなにまで……」

「うん、僕はエリザをすごい人だと思ってるよ。清濁併《せいだくあわ》せのんでいても、次の人生もきっとAランク以上、それくらいの人だと思ってる」

「ご主人様……」

「そんなエリザがただぼうっとしているはずがない。何を考えてたの？」

「はい、文字のことです」

「文字？」

「どうしたらもっと識字率《しきじりつ》を上げられるか、教育のことを考えてました」

「なるほど」

それはメイドエリザじゃなく、皇帝エリザベートの思考だ。

外見も仕草も、指摘される前後の口調も完璧《かんぺき》にメイドにはなっているけど、やっぱり根本的なところでは皇帝——為政者《いせいしゃ》なのだ。

「文字は分かった方がいいよね」

「はい」

「私もそう思います！」

仕事を振ったばかりのマリが強く主張してきた。

彼女は私が「文字」を教えた子だから、実体験として、より強く体感しているのだ。

「そっか、識字率を上げるか……」

私も考えた。

それはかなり、重要なことなのだと思う。

なにかいい方法はないか。

マリのように私が直々になんとかすれば文字は覚えられるが、それを全ての民にして回る訳《わけ》にもいかない。

「ご主人様の絵のように、書けなくても読めたらそれでひとまず充分なのですけど」

「――っ！　それだ！」

「え？」

「ナイスだよエリザ、それだ」

きょとんとするエリザ。

アイデアが、まるで天啓のように振ってきた。

私は自分の机に戻って、ペンを取って、少し考える。

考えて、自分に問いかけてから、紙の上にペンを走らせる。

「どう？　読める？」

紙をかざして、二人に見せる。

「読め……ない？」

「読めないですね」

「おお。じゃあこれは？」

「ダメです」

「ダメですね」

「最後にこれだと？」

「ふざけないで下さい？」

「ふざけないで下さい、ですね」

「おー……」

紙を再び机の上に置いて、それを見つめた。

読めない。

ダメです。

ふざけないで下さい。

二人が答えたのは、全部、私が紙に書いた文字だ。

「あれ？　でも、今のって……なんで読めたの？」

「そういえば！」

エリザもマリも、おくれてそのことに気づいた。

そう、私が書いた文字は彼女らには初めて見る文字。

それどころか世界にまだ存在していない文字だ。

なのに、見ただけで読めた。

しかも二人とも、まったく食い違うことなく読めた。

「ご主人様、それはなんて文字ですか？」

「名前はまだない、僕が今作った」

「「…………えええええええ!?」」

数秒間の間を空けてから、二人は盛大に驚いた。

「つ、作った？」

「文字を作ったんですか？」

「うん、今作った。まだまだ文字数とか足りないけど、この方向性で作っていけばいいってのは分かった」

「作ったって……そんな……」

「すごい……」

「いやすごいのはすごいけど、もっとすごいのは――ご主人様、それ、誰が見ても読めるってことですよね」

「あっ」

エリザは真っ先に気づいた。

「うん、そうなるように作った」

「どういうからくりですか?」

「頭の知識で読むんじゃなくて、魂で読む感じかな。表魂文字《ひょうこんもじ》、とでもいえばいいのかな」

「魂にダイレクトに働きかける、一種の呪文みたいなものだよ。人間の魂、輪廻転生《りんねてんしょう》を繰り返している魂なら、理論上は人間でも動物でも、神様でも悪魔でも読めると思う」

「「…………」」

「どうしたの二人」

「あっいや」

「すごすぎて……言葉を失っちゃいました……」

二人に微笑《ほほえ》み返して、もう少し考える。

当面は使いながら作っていくし、私以外が書くのは難しいが。

まあ、全人類が読めるのなら、当面はそれで大丈夫だろう。

33✦善人、キャッシュレス化する

A good man,Reborn SSS rank life!!

「おお、ひんやりしてる」

　箱を開けると、中から出てくる、ほどよい冷気の心地よさに、思わず顔がほころんだ。

　その私の背後でハラハラした様子で見ていたシャオメイが嬉しそうにした。

「ありがとうございます！」

「この箱に使われてる素材って、全部リファクトなの？」

「はい、アレクサンダー様から頂いたリファクトを加工してもらいました。二重構造にして、中の空洞《くうどう》に水を入れて、永久凍結で凍らせました」

「なるほど、凍っているのが中だったら直に氷には触れない、触れるのは冷えるけど冷えすぎないリファクト。考えたねシャオメイ」

「――っ！　ありがとうございます！！」

　私にほめられて、秀麗《しゅうれい》な顔をますますほころばせるシャオメイ。

　温度が必要以上に下がらないリファクトの素材。

それを使って「冷蔵庫」を開発するようにシャオメイに命じたのは私だ。

民衆によく起きる食中毒は、冬よりも夏の方が圧倒的に多い。

それはひとえに、夏の気温が食材を腐らせてしまうからだ。

冷蔵庫で食材を保存することができれば、夏でも食中毒が圧倒的に減るという考えから開発を命じて、シャオメイはそれにこたえてくれた。

「最初は外側にしたのですけど、それではものがくっついてしまうことがありますので、全部中に閉じ込めました」

「うん、よく考えたね。ありがとう、礼を言うよシャオメイ」

「そんな……」

はにかむシャオメイ。

私の魔法学校の最初の生徒が、見た目だけではなく、魔法力も発想力も一流の人間に育った。

「うん、これでいけると思う。ゆっくりでいいから、後は量産することを考えて」

「はい、それなんですけど」

「うん？」

「最近は銅が品薄で、量産するのにすこし時間が掛かるかもしれません」

「これに銅が使われているのかい？　というより、どうして銅が品薄なの？」

「えっと、私が聞いた話だと、みんな生活に希望を持ててお金を使うようになって、それで銅貨がいっぱい作られて、それで足りなくなったと」

「ああ、そういえばちょくちょく銅貨の増鋳をしてるね」

貨幣《かへい》の発行は統治者の特権だ。

アヴァロンの移住に際し、エリザは銅貨と銀貨の鋳造権《ちゅうぞうけん》を一部私に許可してくれた。

それで鋳造し続けてたんだけど。

「そっか、それで銅が足りなくなったんだ」

「はい。最近だと銅貨が少なすぎて、銀貨より高くなっちゃってるみたいです」

「銅貨の価値が銀貨を上回ってるってことか？」

「はい。だからみんな銅貨じゃなくて、銀貨だけでお買い物をしてて、若干《じゃっかん》不便だって話が」

「なるほど……」

私はあごに手をやって、考えた。

貨幣の不安定は社会全体の不安定に直結する。

これは、一刻も早く解決しなきゃならないタイプの問題だ。

「なんとかしなきゃだね」

☆

「というわけで、銅貨不足の現状を解消することにした。事が事だから、エリザの許可を得ようとね」

領主の館、書斎の中。

執務机の真横で、机に軽く腰掛けるエリザに言った。

彼女はお忍びの姿だ。

「銅山をみつけた？　採掘権ならわざわざ許可を取らなくても、事後承諾《じごしょうだく》でいいのに」

「いいんだ」

私はすこし苦笑いした。

「私とアレクの仲じゃない。それに、アレクはSSSランクの善人、悪いことはしないってお墨付《すみつ》きがある訳《わけ》だしね」

「その信頼と信用が嬉しいな」

「ふっ……」

にこりと微笑むエリザ。

私も嬉しいが、彼女も嬉しそうだ。

「でも違うんだ、わざわざ許可を取るのは銅山だからじゃないんだ」

「じゃあ銀山？　銀貨がより使われてるからそっちに手をつけるの？」

「ううん」

私は首を振った。

銅も銀も違う。

「この先ますますアヴァロンが発展していくと思うんだ。だから、銅も銀も、貨幣に使うだけじゃなく、日常的に使われるし、今以上に足りなくなると思う」

「……別の素材で作るってこと？」

「うん、さすがエリザ」

「もしかして……紙幣⁉」

エリザははっとして、それから瞳に興奮の光がともった。

「なんでそんなに喜ぶの？」

「私ずっと考えてたからよ。貨幣の一部を紙にする、それで持ち運びしやすくなって、商売がさらに活性化する効果があるんだけど、紙幣の偽造問題がずっとどうにもならなくて断念してたの。でもアレクなら……アレクならきっとそれも解決するわ」

エリザはますます興奮した。

おもちゃを見つけた子供のような嬉しさと、為政者《いせいしゃ》の冷静な喜びが怜悧《れいり》な顔に同居していた。

「悪いけど、ちょっと違う」

「え？　じゃあなんなの？」

「これ」

私は前もって用意した、まだ試作段階の板を二枚取り出した。

パッと見ただけではただの木の板にしか見えないものだ。

「これは？」

「一枚は僕が、一枚はエリザが持ってて」

「ええ」

エリザは言われた通り板を受け取った。

「持ってるお金の額は？　って軽く念じてみて」

「こうかしら……あっ数字が出た」

エリザが持ってる板に数字が浮かび上がった。
10、という数字だ。
私も同じように念じて、同じく10の数字を出す。

「それをいくらでもいいから、渡すって念じて、僕のと触れ合ってみて」

「じゃあ5渡すわ……あっ。私のが5になった」

「僕のが15になった。もう分かった？」

「これ……お金の代わり？」

「うん」

頷《うなず》く私。

「お金を数字にして、こういうのでやりとりすれば、持ち運ぶ不便も、数える不便も解消するよね」

「そこまで考えてたの⁉　すごいわ……」

　エリザは板をまじまじと見つめた。

「まだそれ試作品だけど、最終的には忘れない、なくさない物にしてから、民衆に配るつもりだよ」

「……ねえ、これって何か特別な素材？」

「ううん。ただの板。僕が開発した魔法をかけただけ」

「だったら体に」

「体？」

　エリザはそう言って手を伸ばして、握手を求める仕草をした。

　何も考えずに彼女の手を握りかえすと。

「そうか！　その人の肉体に魔法をかければなくすことはない」

「今なら、アレクの加護ってことでありがたみも増して一気に普及するだろうしね」

「ありがとうエリザ！　すごいアイデアだよ！」

　エリザのアイデアで、最後のピースが揃《そろ》ったような、そんな感じになった。

34 ✦ 善人、こっそり創造神をあしらう

A good man,Reborn SSS rank life!!

夜、湯上がりにパジャマ姿で、アンジェが寝室に戻ってきた。

私はすでにパジャマに着替えてベッドの上にいて、アンジェは近づいてきて、同じようにベッドに上がってきた。

「アンジェ、髪が半乾きだよ」

「ええっ、本当ですか。ごめんなさいアレク様、すぐに乾かしてきます」

「いいよ。こっちおいでアンジェ」

手招きして、アンジェを呼び寄せる。

私の目の前にやってきたアンジェの肩に手をかけて、背中をこっちに向かせた。

そのまま、指でアンジェの髪を梳《す》く。

魔力を込めて、人肌よりもちょっと熱めの温度にした指で、彼女の髪を乾かしていく。

「アンジェの髪は本当に綺麗《きれい》だね」

「はぁ……いいお湯でした」

「ありがとうございます」

「はい、これで乾いたよ。さあ、寝ようか」

「はい」

私はアンジェと枕を並べて広めのベッドで一緒に寝そべって、部屋についてる灯りを消した。

子供の頃からずっとこうして一緒に寝てきた。

私の肉体と、アンジェが成長してきた今でもそれは変わらない。

同じベッドで、肩が触れあうかどうかの距離で、一緒に寝る。

「今日も」

「うん」

「今日も、アレク様と一緒の、素敵な一日でした。神様に感謝です」

「あはは、最近はその神様、どうやら当てにならないみたいだけどね」

「お姉様もそう言ってました、えっと、俗物《ぞくぶつ》だ、って」

「エリザはその表現を気に入ってるみたいだね」

創造神。

私の善行度が増えすぎた（？）の一件で天使がやってきて、天罰が落ちるようになってから、エリザは創造神を「俗物」だと評するようになった。

何かにつけては「どこかの俗物と違って」という言い方をする。

「はい、いつも言ってますよね」

「正直、あっちに天罰がヒヤヒヤだよ」

「それなら大丈夫だってお姉様が言ってましたよ」

「おっ？」

どういうことなのか、と横を向いてアンジェを見る。

窓からわずかに差し込まれる月明かり、それに照らし出されるアンジェの秀麗《しゅうれい》な横顔は、大分美しく成長していて、一瞬だけドキッとした。

「あれは完全に俗物だから、こっちには手を出さないって」

「そうなんだ」

「大物感がないって、言ってました。えっと……人の顔色をうかがうばかりの八方美人のくせに、追い詰められて手段を選ばないダメ男、だって」

「創造神になんたる辛口《からくち》」

多分この世でそんなことが言えるのは彼女だけだろうな。

「あれ？」

「どうしたのアンジェ」

「そういえば最近、神罰そのものがなくなってます」

「ないね」

「もう諦めたのでしょうか？」

「ううん、諦めてないよ」

「え？」

アンジェが驚いて、そのまま体を起こした。

ベッドで上体を起こして座り、驚いた顔のまま私を見下ろす。

「どういうことなんですか？」

「うん」

私も体を起こして、まずは室内の照明をつけた。

そして少し離れたところに賢者の剣と一緒に置いている収納袋を手に取って、中からあるものを取り出した。

それを見たアンジェは不思議そうに首をかしげた。

「わっ、こ、これは……ホムンクルス？」

「似たようなものだね」

「似たようなもの？」

ますます不思議がるアンジェ。

「これ、創造神が侵入しようとした時に使った肉体」

「…………………ええええええっ⁉」

盛大に声を張り上げるアンジェ。

「し、侵入って、どういうことなんですかアレク様」

「神罰を僕が完全に止められるようになったじゃない？」

「はい」

「もうあれを落として僕をどうにかできることはないから、次は搦《から》め手でくると思ってたんだ。で、アヴァロンのあっちこっちにある神像にある術式を仕込んだ」

「アレク様の像ですね」

私は頷く。

「人魚の為に解析した創造神の力に反応する術。創造神の力を察知したら僕が分かるようにした。そうしたらある日、ある神像のところでこれが引っかかった。変装して潜入するつもりだったみたいだね。僕が急行したら魂はさっさと脱出したけど」

「そんなことがあったんですか……」

「創造神の力は解析済みだからね、感知するだけなら簡単だったよ」

「全然知らなかったです……」

「ふふ」

「……？　アレク様、嬉しそう。どうして」

「アンジェでも気づかなかったのが嬉しいんだ。最近、こういうことは民の知らないうちに片付けてしまうのが一番だって思うようになったんだ。民には仕事を増やして、生活を豊かにして。それ以上のことは認識さえもさせないうちに解決してしまう。それが一番だって思うようになってね」

「はわ……すごいです……」

「そういうことだから、創造神とは水面下でいろいろやり合ってるよ」

「そうなんですね。頑張って下さいアレク様！」

「ありがとう」

アンジェの声援にお礼を言って、再び消灯し、今度こそ二人で眠りについた。

35 ✦ 善人、放火犯を突き止める

秋、収穫の季節。

アヴァロンでも、入植後最初にまいた種が、いよいよ収穫の時期を迎えていた。

「ここでもお買い取りするんですか、アレク様」

書斎で執務に励《はげ》んでいると、遊びに来たアンジェがそんなことを聞いてきた。

私は手を止めて、アンジェの質問に応えた。

「ううん、今年は必要ないかな。今年は畑を切り拓きながらの種まきだから、余剰《よじょう》食糧になるような収穫にはならないはずだよ」

「そうなんですね」

「むしろ来年の春、ううん、夏くらいまではまだ援助が必要なはず。もちろん、しないのが一番いいんだけど」

「どうしてですか?」

「僕が援助するってことは、農家のみんなが自力で収入を得られないってことだからね。アンジェ、僕はアヴァロン、僕についてきた人たち全員のお腹を満たすことが大前提だと考えてる」

「はい、さすがアレク様です」

「その上で、腹が満たされる次の段階、達成感をみんなが得られるようにしたいんだ。その方が幸せだからね」

「なるほど！」

笑顔で納得するアンジェ。

もちろん達成感のもう一つ先がある。エリザと前に街で見た、私を批判することだ。

腹が膨《ふく》らんで、私を批判する余裕があるくらいが一番の理想だ。

農村部にまでそれが広がるのはもう一年か二年くらいかな、と予測する。

そのためには、もう一手くらい必要――

「ご主人様！」

書斎のドアが開かれて、メイド長のアメリアが慌てて入ってきた。

よほど急いで来たのか、アメリアは肩で息をしていた。

「どうしたのアメリア」

「これを」

そう言ってアメリアが差し出した手紙を受け取った。

ちなみに私がつくった表魂文字《ひょうこん》じゃなくて、帝国の公用語だ。

あれは誰にでも読めるが、まだ書けるのは私しかない。

用途を考えれば問題ないので、ひとまずそのままにしてある。

その帝国公用語で書かれた手紙には――。

「ど、どうしたんですかアレク様。顔がすごく険しいです」

「読むかい？」

私は手紙をアンジェに渡した。

受け取って、目を通したアンジェも、一瞬にして表情が強《こわ》ばった。

「農地が……焼かれた？」

「……」

眉間《みけん》に、深い縦皺《たてじわ》を刻んだ。

☆

まだ煙がくすぶってて、焦げ臭《くさ》い臭《にお》いがあたりに充満している。

収穫直前だった畑が焼かれ、見るも無惨《むざん》な姿を晒《さら》している。

それに言葉を失っていると。

「来週には収穫の予定だったんです」

「それがこうなって、もうどうしたらいいか……」

私の背後で、ここの畑の農民が悲痛さを訴えている。

訴えかけてくる男たちの他にも、放心したりさめざめと泣いてる者もいる。

「このままじゃわしら、冬を越せるかどうか……」

「安心して」

私は彼らに振り向き、宣言した。

「これは天災として扱う、越冬の為の食糧は後で運ばせるよ。それに来年の分の種籾《たねもみ》も用意する」

「「「――っ！」」」

農民たちは一斉に目を見開くほど驚き、その直後に歓声を挙げた。

「ありがとうございます国父様！」

「ありがたやありがたや」

「国父様バンザイ！　アレクサンダー様バンザイ！」

我に返った農民たちは私に感謝したり、称《たた》えたりしていた。

「こうなってしまったものはもうしょうがない。次はちゃんと収穫できるように畑を直しといてね」

「はい！」

　ここはひとまずこれでよし。

　食糧を手配するために、私は飛行魔法で領主の館に戻った。

　飛んで戻ってきた時に戻らないように、庭に着地点を用意してあって、そこに寸分の狂いなく飛んだ。

　すると、そこにアメリアが待ち構えていた。

「お帰りなさいませご主人様」

　私を出迎えたアメリアは、何故かものすごく険しい顔をしている。

「どうしたの……まさか！」

「はい」

　アメリアは苦虫《にがむし》を嚙《か》みつぶしたような顔で、重々しく頷《うなず》き。

「別のところでまた、畑が燃やされました」

「……どういうことなんだ？」

　眉間の皺が、ますます深くなった。

☆

　書斎の中、執務机の上に地図を広げた。

アヴァロンの地図で、私と十万の民がやってきてからの街や村を書き込んだ、まったく新しい地図だ。

その地図の上に、アメリアが次々とバッテンをつけていく。

「そして、ここです。全部あわせて七箇所《かしょ》です」

「そんなに焼かれたというの……」

急にアヴァロンの各地で起きた、同時多発畑の放火事件。

最初は事故かなと思ったが、こう短い期間に七件も同時に起こったんじゃ事故の可能性はゼロだ。

人為的な、犯罪でしかない事件になる。

「もしや、創造神の仕業《しわざ》なのではないのでしょうか」

メイド長という立場もあって、他より私と創造神のいざこざをよく知っているアメリアは、真っ先にその可能性を口にした。

「それはないと思う。創造神の力は完全に解析している。何かしようとしたらすぐに分かる。それに」

「それに？」

「どういうわけか創造神は私以外に手を出すことをしようとしない」

その辺は察しがつくが、確証はないので口にはしなかった。

「本当に創造神なら、畑じゃなくて私に直接来てるはずだ」

「なるほど」

「それにこれは神の力じゃない」

「どうして分かるのですか？」

「現場を二つ見たけど、発火点と燃え広がり方からして、最小限の火をつけた後は、自然に任せて燃え広がってる。神の力、例えば僕なら畑を村一つまとめて、広範囲に焼くことができる」

「じゃあ人なんですね？」

「うん。それなりの魔術師って感じがする」

地図を見つめる私。

七箇所の被害、そこに法則はないように見える。

ただただ、手当たり次第に火をつけて回ってる。

そんな空気を感じる。

「どうしましょうか」

「大丈夫、手は打ってある」

「というと？」

「それは——」

アメリアに説明をしようとした時、それが来た。

私は賢者の剣を背負って、窓を開けて飛び出した。

飛行魔法で、感じた気配の場所に急行した。

領主の館から東に三〇キロ。

飛行魔法で急行して飛んできたそこで、炎の手が上がっているのが見えた。

察知してすぐに飛んできたから、炎はまだ燃え広がってなくて、広大な農地のなかでも畑一つ分燃えているだけだ。

「消えろ！」

手をかざし、魔法を使う。

放出した魔力は瞬く間に炎の上空に雨雲を作り、土砂降りの雨を降らせた。

バケツをひっくり返したような雨はすぐに火を消し止めた。

「そこっ！」

空から賢者の剣を投げつけた。

すっ飛んでいった賢者の剣は何かをかすめて地面に突き刺さる。

それを追って急降下、賢者の剣の真横に立ち、それを抜き放つ。

そして、見つめる。

何もない空間――しかしその何もない空間から血が滴《したた》っているのを見つけた。

そこに誰かがいる。

「もう、これ以上の放火は不可能だ」

「……」

「その気配は覚えた、アヴァロンの至るところにある僕の像が感知して、何かしたら分かるようにしてある」

創造神対策が役に立った。

いくつも焼かれた跡地からそれを摑《つか》んで、感知の魔法を仕込んだ。

それでいち早く察知して、ここに急行した。

私の宣言は壮言大語《そうげんたいご》ではない、この者にはもう、二度と大規模な放火は不可能だ。

「ふう……」

諦めたのか、その者はため息をついた。

結構若い声だ。

「さすが噂《うわさ》に聞くアレクサンダー・カーライルだ」

そう言った次の瞬間、その者は姿を現した。

若い女だ。

綺麗《きれい》なロングストレートポニー、透き通った肌に、尖った耳。

「エルフ……いや、その超然さ……ハイエルフか⁉」

36✦善人、宿敵と出会う

「あちゃー。みっかっちゃったね、その顔、あんたがアレクサンダー・カーライルだね」

「……僕のことを知ってるの？」

「もう、なに言ってるのさ」

彼女は私をペシッとはたいた。

屈託なく、敵意もない。

気づいたらはたかれていた。

そのことに私は眉《まゆ》をひそめた。

正体不明の敵――だからある程度警戒していたのに、その警戒が警戒にならず、ものすごく自然に触れられた。

「ものすごい有名人がそこで謙遜《けんそん》したら嫌みだよー」

「そうだね、ごめんなさい。それよりも君の名前を教えてくれる？」

「そかそか、こっちは名乗ってなかったっけね。あたしはウェンディ、宜《よろ》しくね」

そう言って握手を求めるウェンディ。

今度は警戒しつつ、彼女と握手をした。

「間違いだったらごめんなさい、畑を焼いたのは君？」

「うん。ごめんねー、結構焼いちゃった」

「どうして？」

「そこに実りがあるから」

「……もうちょっとわかりやすく説明してほしいな」

「あんたはさ、次の人生もきっと貴族かなんかに生まれるよね」

いきなり話が変わった。

思わず眉をひそめてしまった。

「なんの話？」

「すっごい有名になるくらい善行積んでるからさ。ねえ、善行を積んで積んで、積みまくった先は神になれるのって知ってる？」

「……うん」

何かのかまかけかなとも思ったけど、それは常識的なことなので頷いた。

「だよねー。善行の行き着く先は神。いまじゃ三歳児でも知ってる当たり前の常識」

「うん」

「じゃあさ、悪事の果てはどうなると思う?」

「……ミジンコ?」

「あは、あははは、み、ミジンコだって、あははははは」

ウェンディは腹を抱えて笑い出した。

ものすごく受けてる、大爆笑だ。

生まれ変わる前に実際に見たのをそのまま答えただけだが、意外なくらい大ウケした。

「そんなに面白い?」

「うん、この三百年で一番笑ったかも」

「長生きなんだね」

「うん。あっ、さっきの質問答えてなかった。うん、あたしはハイエルフ。エルフの——なんて言ったっけ、原種ってところかな」

「なるほど」

やはりそうだったのか。

しかしこのフレンドリーさはなんだ?

全てノリで生きてるような、そんな感じがする。

「で……なんだっけ?」

「ミジンコ」

「そそそ、悪事の果てはって聞いて、ミジンコだって答えたんだったねー。それさ、結構そこそこなんじゃない？」

「そこそこ？」

「何百人か殺した大悪党程度じゃないかな」

「程度、ですまないと思うんだけど」

「でもそれ、対比でいうとさ、よくて貴族に生まれる程度だと思わない？」

「……そういうことか」

ようやく、ウェンディが言いたいことがわかった。

「つまり君は、Fの先……あるかどうか分からないけど『FFF』のことを言いたいんだね」

「その格付けどこから出てきたのか知らないけどそういうことだね」

「それを……自分でしてる？」

「そゆこと」

ウェンディは指で撃つ古典的なポーズをして、ウインクを飛ばしてきた。

「そうなんだよ、自分でやってるんだ。だって気になるじゃん？　悪いことをどんどんどんどんしたらどうなるのかって。あたしさ、寿命《じゅみょう》はあと二千年くらいあるんだ。今までの分だと一〇〇万人虐殺《ぎゃくさつ》した独裁者くらいかなって推定してるけど、あと二千年あればこれの三〜四倍は積み上げられると思ってるんだ。そしたら──うへへ」

軽く握った拳で口元を隠し、楽しげに笑った。

「どうなるのか、すっごい楽しみ」

「……」

正直を言うと、毒気を抜かれた気分だ。

彼女はまるで明日の朝ご飯の献立《こんだて》を話すような気軽さで、この先二千年の決意を口にしている。

「二千年もずっと悪いことをするの？」

「うん、だって悪事の果てをみたいじゃん？　それができるのあたしだけだし」

「……それを止めるって言ったら、どうする？」

「止まらないよ」

「──っ！」

瞬間、私は背中に背負ってる賢者の剣を抜き放って、構えたまま真後ろに飛んだ。

私の間合い、そこから三倍近く下がった。

殺気じゃなかった、もっと別の何かを感じて、直感が私を下がらせた。

「へえ、すっごい、今の気づいたんだ」

「何をしたの？」

「殺気、の、上位種？　あたししか使えないみたいだから名前もついてなくてね」

「すごい人なんだね」

「ハイエルフだけどね！」

決め顔、というかドヤ顔で言われた。

「まっ、気づいたなら分かるでしょ。あたしは止まらないし、止めようとしたらただじゃおかないよー」

どこまでも気安いウェンディだった。

なるほど。

念のために今の話を賢者の剣に聞いてみた。

この世に存在するあらゆる知識を内包している賢者の剣。

分からないと答えられた。

あらゆる知識を持っているが、前例のないことは知らないのだ。

そうだとは思っていたが、はっきりと確認した形になった。

「それ、いろんな人に迷惑かけるよね」

「だねー。でもしょうがない、あたしはそれが知りたいんだから」

「悪びれないね」

「悪いと思ってないもん」

「ねえ、協力しよっか」

「協力？」

「そう、悪いことをする協力。例えばぼくも定期的に、集めた食糧をまとめて台無しにしてるんだ」

「なんでそんなことをしてるの？」

「とある天使との約束だから。それ以外でも、例えば僕は魔力を常時消費と自動回復をつかって、魔力の量を底上げしてるんだけど、それと同じように――」

一旦言葉を句切って、賢者の剣で自分の腕を切りおとし、即座に魔法でくっつけた。

「こんな風に、僕を延々と傷付けるってのもありだと思うよ」

「なるほど、そういうやり方もあるのか」

「どうかな」

「うーん、パス」

「ちなみに理由は？」

「今その善意を踏みにじった方が悪行ポイント高そうな気がするから」

「それは困ったね」

「こっちも困った。この土地は豊かになってきてるから悪事をしやすいけど――」

ウェンディが手をかざした、何かが飛んできた！

賢者の剣を振って払う。

ずしん！　と体の芯に響くような衝撃が襲いかかってきた。

そのまま振り抜いて、何かを弾き飛ばす。

純粋な、力の塊《かたまり》だった。

その力の塊を弾いたせいで、ヒヒイロカネの賢者の剣が少し曲がった。

「やっぱそうだ、全力のこれを弾かれると、あんたの土地で悪事を働こうとしたら止められそうだよ」

「うん、止めるよ。アヴァロンに住むみんなが不幸になるのはいやだから」

「こまったねー」

「こっちこそ」

私はウェンディと見つめ合った。

並の悪党ならば「にらみ合う」感じになったんだろうが、相手は屈託《くったく》も悪気もないウェンディ。

にらみ合いにならず、雑談の最中見つめ合っている、くらいの空気だった。

「しょうがない、出直すよ」

「できればもう来ないでほしいかな」

「それはないかな。じゃねー」

手を振ってきびすを返して、スタスタと立ち去るウェンディ。
毒気を抜かれたのもあるが、今戦っても勝てる気がしない。
だから彼女を見送らざるをえなかった。
悪事の果てを追求するハイエルフ・ウェンディ。
長い付き合いになりそうだ、そんな予感がした。

第十五章

01 ◆ 善人、誓いのプロポーズをする

A good man.Reborn SSS rank life!!

季節が巡って、私はまた一つ歳《とし》を取った。

生まれ変わってから十六年目、十六歳になった私は、顔こそまだ少し幼さが残っているが、体はほぼ完全に大人のそれに成長していた。

青少年。

青年と少年との間とはよくいったものだなと、言葉を作りあげた先人のセンスに密かに舌を巻いていた。

そんな十六歳の春に、私は訪ねてきたホーセンとミラーの二人と一緒に、庭で花見をしていた。

舞い散る花吹雪《さくらふぶき》をじっと見つめた。

「おう、どうした義弟よ、ぼうっとしてよ」

「そろそろ簒奪《さんだつ》の方策でも考えてるのか、いつでも手伝うぜ、かっかっか」

ホーセンとミラー、出会った時から大人だった二人は見た目がまったく変わってなくて、出

会った時もある意味子供の二人の中身もやっぱり変わってなくて、安心するやら苦笑いするやらだ。

「なんの簒奪かはあえて聞かないことにするよ。そうじゃなくて、そろそろかな、って思って」

「そろそろだあ？　何がだ」

「強制禅譲《ぜんじょう》のこったろうが」

「そんな強制和姦《わかん》みたいな言い回しもいいから……アンジェのことだよ」

苦笑いしつつ、気心の知れた友人二人——。

兄のようで、弟にも見えて、親友といっても差し支えない二人。

そんな二人に打ち明けた。

「プロポーズを、しようと思ってね」

「おっ、いよいよか」

「かっかっか、坊主《ぼうず》もいよいよ年貢《ねんぐ》の納め時かい」

「待たせちゃったね……大体このくらいの年頃に、って思ってたんだ最初から」

体の成長が終わって、体つきが大人だといえるくらいに成長したこの歳になるのを待った。

「んん？　そしたら何を悩むことがある。向こうもそのつもりで待ってたんだから、ずばっと言やあいいじゃねえか」

酒を飲みながら、実にホーセンらしいアドバイスをしてくれた。

「おめえさんじゃあるまいし、求婚ってもんにゃいろいろあんだよ」

「いろいろってなんだよ」

「そりゃあ……薔薇《ばら》を百本用意したり、食事会の最後に指輪が出てきたり。いろいろだよ」

「面倒くせえな、んなことしなきゃいけねえのか？」

「だからおめえさんじゃあるまいし、っていったんだ。おめえさんの場合『俺の女になれ』『はいわかりました』の一本槍でいいんだよ」

ホーセンとミラー、二人は十年来の友人のように、あけすけで遠慮《えんりょ》のない言葉を交わし合った。

「俺のことはそれでいいがよ、義弟はマジで何を悩んでるんだ？」

「ミラーが言ったようなのはしたくないんだ。サプライズというか。そういうのはびっくりするし、する側の独りよがりが過ぎるってイメージなんだ」

前世でそういうのをよく見てきた。

サプライズを演出してプロポーズしたはいいが、実際は相手にそんな気がなくて、先走って気まずくした現場を何度か目撃した。

アンジェが「そんな気はない」というのはないが、それでもサプライズはやりたくない。

「だったら俺みてえに、素直に『俺の女になれ』って言えばいいだろ」

なと思う。

「うん……素直に結婚して下さい、って言えばいいんだよね」

奇をてらわずにいけばそうなるんだけど、アンジェを十年以上待たせた分、それもなんだかなと思う。

「……坊主よ」

「え？」

ミラーはものすごく真面目《まじめ》な顔、なかなか見ないくらいの真面目な顔で私を見ていた。

「坊主の気持ち、どうしたいのかを伝えればいい」

「どうしたいのか？」

「坊主のこった、どうせざっくりまとめたら『幸せにしたい』ってところだろうよ」

「うん、それはそうだね」

「ならそれを言ってやればいい。坊主のそれは気持ちがこもる」

ミラーはそう言って、手を無造作《むぞうさ》に横に薙《な》いだ。

突風が巻き起こって、庭の木がしなる。

木々の向こうに、アヴァロンの発展した街並みが一瞬顔をのぞかせた。

「これとおなじようにな」

「……っ！　そっか、ありがとうミラー、どうすればいいのか分かったよ」

「そうかい」

ミラーはにやりと笑った。

ミラーのおかげで、何をすればいいのかが分かった。

後は、賢者の剣に――。

☆

三日後、よく晴れた昼下がり。

アンジェが庭で花をめでているところに、彼女に近づいた。

「やあ、何をしてるんだい」

「アレク様！　お花を見てました」

「確かこれ、アンジェが屋敷から移してきた花だよね」

「はい、えっと、実家から持ってきたものだったんです」

「ああそっか、カーライル屋敷の方はすでに移したものだったんだね」

「はい」

アンジェは目を細めて、花を見つめた。

十六歳になった私以上に、アンジェも美しく成長した。

派手さこそないが、誰もが認める美少女だった。

むしろその穏やかさは、国父である私にならって、国母《こくも》にふさわしい存在だと評するものも少なくない。

そんなアンジェに、私はさらに声を掛けた。

「アンジェ」

「はい、なんですかアレク様」

「アンジェに大事な話があるんだ。見てほしいものがある」

「大事な話、ですか?」

「うん、僕の気持ちっていうのかな、僕がしたいことをアンジェに見てほしいんだ」

「なんでしょうか」

「……」

アンジェに微笑《ほほえ》み返して、手をかざして魔法を使う。

指先に魔力を集めて、何もない空間を切り出すようになぞっていく。

アンジェと私の前に小さな窓のようなものができて、指先でなぞった輪郭《りんかく》に沿って、パカッと開いていく。

開いた先には、まったく違う景色が広がっていた。

「これは……おばあちゃんがいますね」

窓の向こうに一人の老婦人が佇《たたず》んでいた。

こことは違う場所で、しかし同じ花吹雪が舞う下で佇んでいる。

上品に佇んでいる老婦人は振り向き、嬉しそうな笑顔を見せてくれた。

「あれ……このおばあちゃん、どこかで見たような……」

アンジェは不思議そうに首をかしげて、それから私に答えを求めて視線を向けてきた。

私は微笑み返しながら、答えを告げてやった。

「これはアンジェだよ」

「わ、私？」

「厳密には、未来のアンジェ」

私はもう一度、指先で虚空《こくう》をなぞった。

もう一つ窓が開いて、今度は子供が映し出された。

こっちははっきりと分かる、見覚えがある。

「あっ、私です！　これは……アレク様と一緒にお鳥の店に行ったとき？」

「よく覚えてるね」

「はい！　アレク様とのことは全部覚えてます！」

アンジェはニコニコ笑いながら頷《うなず》いた。

「そっか。実はこれ、時空を超えて、過去と未来の景色が見られる魔法なんだ。色々制約があって、運命を変えてしまうようなものは見られないんだけど」

「そうなんですか……」

「逆に言うと、今見えたもの、未来のものは絶対に起きること。つまりこのおばあちゃんアンジェは未来のアンジェなんだ」

「幸せそうです……未来の私」

「うん」

私は頷いて、アンジェの手を取った。

手を取って、彼女と向き合って、真っ直ぐ目を見つめる。

「僕はこうしたい。アンジェがおばあちゃんになるまでずっと幸せにしたい」

「……あっ」

何かに気づいたのか、アンジェははっとして、それから頬《ほお》を染めてうつむいた。

それでも、微《かす》かな上目遣いで、そわそわと期待が入り交じった目で私を見つめる。

「ずっと、幸せにしたい。僕のお嫁さんになってください」

「……はい、アレク様」

アンジェは、静かに頷き、私の手を握りかえしてきた。

02 ✦ 善人、結婚指輪を作る

「遅い」

書斎に入ってきたエリザは開口一番そんな言葉を突きつけてきた。

腰に手を当てて、やや呆《あき》れた目で私を見下ろしている。

「いきなりどうしたんだい」

「アンジェから聞いた。や――――――――」

エリザはものすごい、肺活量の限界に挑戦するかってくらいタメにタメてから。

「――っと、結婚する気になったのね」

「そんなに遅いかな」

「十年以上待たせてるのよ?」

「むっ……」

そういう言い方をされるととんでもなく待たせているように思えてくる。

いや、そういうことなんだろう。

私もアンジェもまだ幼い、というのはもちろんあるが、私自身ずっとアンジェのことを父親的な目でしか見られてなかったことが大きい。

永《なが》く待たせてしまった、というそしりには返す言葉がまったくない。

「言いたいことは色々あるのだけど……アンジェがあんなに喜んでる姿を見るのは初めてだから、それで勘弁してあげるわ」

「そんなに喜んでくれたの？」

「人格が崩壊するくらいにやけてた」

「それは……」

ちょっと見たいかもしれないな。

「で、式は？　まさか挙げないとか言わないよね」

「それは言わないよ。アンジェがウェディングドレスに憧れてたのは知ってるしね。綺麗《きれい》なドレスを用意して、盛大にお披露目する。それはちゃんとやる」

「ん、その辺は私に任せて」

「エリザが？」

「皇帝《私》の妹なのよ？　やらせなさい」

当たり前のような顔で言い放つエリザ。

彼女とアンジェの仲の良さはよく知っている。

まるで実の姉妹、いやそれ以上に仲がよくて、エリザはアンジェを思いっきり可愛《かわい》がっている。

「ありがとう」

だから、素直にエリザに任せることにした。

「うーん、となると……」

「何を悩んでるの？」

「指輪。ずっと身につけてもらうものだからね、ちゃんとしたものをってね」

「……アレクのちゃんとしたものって、なにか能力とか、効果をつけるって意味だよね」

ふっ、と微笑み返した。

「そういうことだね。気持ちはもちろん込めるつもりだけど、実用性も込めるつもり。その二つは相反しないことだからね」

「まっ、それもそうね。なにか腹案は？」

「うーん、それがピンとこなくて。女の子が何が一番嬉しいのか、よく分からなくてね。かといってアンジェに聞くこともできない」

「そうね」

エリザはクスッと笑った。

「本人に聞いたらなんでも嬉しい、そういう系の答えしか返ってこないでしょうね」

「うん、すっごくありありと想像できる」

『アレク様から頂いたものならなんでも』

うん、絶対そういう答えが返ってくるはずだ。

「しょうがない、アドバイスしたげる」

「本当？」

「アンジェのためだしね。私、見た目は女でも、中身結構男のつもり。権力の中心にずっといるからね、そっちにならされちゃうのよ」

「……うん」

そのことに昔から、ちょっと思うところがあるが、今は触れるタイミングじゃないから流した。

「でも、普通に女の子の気持ちもわかる」

「エリザはすごく女の子だと思うよ」

「例えばの話をしよっか。明日世界が滅ぶ、生き残ってるのはアレクとアンジェの二人。でもなにかしたら挽回《ばんかい》できるチャンスがある。アレクならどうする？」

「……なんとかしにいく」

「アンジェはどうするの？」

「安全を確保したところに隠す」

「そ、それが男」

「……女の子は？」

「安全でも危険でもどっちもでいい、一緒にさえいられれば」

「……なるほど」

気持ちは正直わからない、が今まで見てきた人間の行動を振り返ってみると、エリザの言うとおりだって分かる。

「うん、よく分かるよ」

「ついでに言うとアレクはすごく男、１００％男」

「だね」

そういう分類なら、自覚はものすごくある。

「参考になった？」

「……うん」

私は少し考えた。

エリザのアドバイスから、アンジェに喜んでもらえそうなことを考えた。

「こういうのってどうかな」

壁に掛けている素材袋を手に取って、その中に手を入れて、賢者の剣から聞いた魔法を付与しつつ、取り出す。

「……石が二つ？」

「見た目はね、効果を確認したら指輪にするつもり」

「なるほど」

納得したエリザに片方を差し出す。

もう片方は私が持ったままにしておく。

受け取ったエリザ、石を手のひらに載せてまじまじ見つめる。

「これがどうなるの？」

「ニュートラルじゃわかりにくいかな……ちょっと待って」

私は石を握り締め、目を閉じて思い出す。

アンジェにプロポーズをして、返事をもらったときのアンジェの顔を。

あの、嬉しそうな笑顔を。

嬉しそうなアンジェに、私までつられて嬉しくなったあの時の気持ちを思い出した。

「あっ……」

エリザが声を漏《も》らした、目を開けて彼女を見た。

「これが……今のアレクの？」

「そう、僕の気持ち。簡単に言えば感情を互いに共有する効果。共有する感情は色々設定できる」

「すごいわね……こんなこともできるのね」

エリザは感心した表情で、石をまじまじと見つめた。

しばらくして、顔を上げてこっちを向き。

「これって、伝えられるのは感情だけなの？」

「考えてることも共有することができるけど、四六時中それはちょっとどうかなって思う」

「なるほどね。いいと思うわ」

「そうか」

「アンジェのために一つだけアドバイスするわね」

「ん？」

「喜びだけじゃなく、哀しみや苦しみも共有しなさい」

「それはアンジェ側にはつけておくつもりだけど」

「こぉら！」

エリザは私の頭をペシッと叩いた。

「さっき私が言ったことをもう忘れたの？」

「……そっか、アンジェだけを安全な場所に置いてちゃだめだったんだっけ」

「そういうこと。ちゃんとやりなさいね」

「うん。そうする」

エリザのアドバイスで、結婚指輪の目処《めど》がついた。

03 ✦ 善人、お嫁さんと抱き合う

A good man,Reborn SSS rank life!!

領主の館、書斎の中。

私はメイド長のアメリアと二人っきりで向き合っていた。

「どう？　民の反応は？」

「歓迎がおよそ半数、といったところです」

「半分？」

眉間《みけん》に皺《しわ》が寄った。

思ったよりも、遥《はる》かに低い数字だ。

「どうして？　そんなに僕とアンジェの結婚を歓迎してない理由は？」

調査に出てもらったアメリアに理由を聞いた。

私とアンジェが結婚することをアヴァロン中に流してもらって、反応を集めてきてもらったのだ。

反対してるからといってやめる訳《わけ》じゃない、むしろアンジェとは祝福された中で結婚したいから、反対の声があれば前もってつぶしておこうという考えだ。

それが意外にも反対の声が多いようで、若干《じゃっかん》困惑していた。

「はい、適齢の女性がほとんど反対です。『国父様狙ってたのに』『側室狙いに切り替えるわ』『わしが後八十若ければ……』などなど、です」

「……えっと」

「つまりはそういうことです」

違う意味で困った。

そういう意味での反対だと、どうしようもないじゃないか。

「どうなさいますか」

「うーん、そういうのはしょうがないね。アンジェは僕の正室、これは譲《ゆず》れないから」

「ご主人様はモテモテですね」

「そうなのかな」

「はい、一部、賢《さか》しい女性を中心に、貴族に取り入って養女にしてもらうのが流行《はや》ってます」

「どうして？」

「貴族の娘なら、ご主人様のメイドになれるからという噂《うわさ》がまことしやかに。そこまでしてでもご主人様とお近づきになりたいのです」

「そうなんだ」

頷《うなず》き、アメリアから受けた報告を考えた。

やっぱりどうしようもない。

まあ、そういう反対は有名な役者や詩人に憧れるのと一緒。

自然に任せて消えてくれるのを待つしかない。

「そういうの以外での反対は？」

「ほぼ、ございません」

「うん、だったらいいや。ありがとうアメリア」

「恐縮です」

ほめられたアメリアは嬉しそうに、私の影の中に引っ込んだ。

アメリアに限らず、メイドたちは仕事の後、特に私に労《ねぎら》われた後に速攻で影の中に引っ込む傾向がある。

詳しいことは知らないけど、そうした後の彼女たちはいつも嬉しそうだから、深く突っ込まないことにしている。

コンコン。

「アレク様……今大丈夫ですか？」

ノックをして、現れたのはアンジェだった。

彼女はおそるおそるドアから顔を出して、こっちの様子をうかがう。

「大丈夫だよ。僕に何か用かい？」

「はい！　アレク様に是非《ぜひ》見てほしいものが」

「僕に？　なんだい」

「えっと、庭に」

「わかった」

何をするつもりなのかは分からないが、アンジェの頼みだ、断る理由はない。

私はアンジェと連れ立って、廊下《ろうか》に出て庭にむかった。

アンジェに連れてこられた、ぽかぽか陽気の庭の一角にカラミティがいた。

帝国の守護竜、空の王カラミティ。

とある一件で私を主《あるじ》と認め、以来、屋敷に住み着いている。

元々はカーライル屋敷住みだったのだが、アヴァロンの屋敷が完成したのをきっかけに、こっちに移住してきたのだ。

普段はほとんど見かけないのは、屋敷の庭で食っちゃ寝と、アンジェの相手だけしているからだ。

「今日も元気そうだねカラミティ」

「主様もご壮健《そうけん》で何より」

「それで、アンジェ。カラミティがどうかしたのかい？」

「はい、見てて下さい。ごめんなさい守護竜様、おねがいします」

「造作《ぞうさ》もないことだ」

カラミティはそう言って、口を使って、前脚を一本引きちぎった。

噛《か》みついて引きちぎり、血が大量に噴き出されて、辺り一帯が血の海になった。

「カラミティ!?」

驚いた私のそばから、アンジェがそっと進み出た。

手をかざして、カラミティのちぎれた前脚に添える。

アンジェの魔力が高まっていくのを感じた。

ムパパト式の魔力運用、最高点を探知して限界の出力を出し続ける技法。

アンジェはそれで治癒《ちゆ》魔法をかけた。

得意の治癒魔法だ。

私と初めて魔法の家庭教師から学んだときから、アンジェはずっと、治癒魔法だけを鍛え続けてきた。

その結果が――今、形になった。

カラミティの耐性、回復にすら耐性を持ってそれを減衰《げんすい》するカラミティに治癒魔法が通って、みるみるうちに前脚が再生されていった。

一分もしないうちに、カラミティの前脚が全《まった》くの元通りになった!

「ふう……アレク様！」

一息ついて、まるで子犬のように私に寄ってくるアンジェ。

「ああ、すごいよアンジェ。まさかいけるとは思わなかった」

「アレク様のおかげです」

「うん？　知ってたのかい？」

「はい。アレク様のお嫁さんにふさわしい子にならなきゃって、頑張って守護竜様を治せるようにしました」

「……ああ、そういう意味か」

アンジェの健気《けなげ》さが嬉しかった。

私のお嫁さんにふさわしくなりたい。

目標があると人間はより成長しやすいとはいうが、さすがにこれは驚いた。

「そういう意味……？　どういうことですか？」

「実はね、アンジェに意地悪をしてたんだ」

「私に？」

まったく心当たりがない、って感じで首をかしげるアンジェ。

「うん、カラミティの耐性をこっそり、少しずつ上げてたんだ」

「……えええええ⁉」

「どれくらい上げたかな？」

カラミティに聞く。

「主から得た力、元の倍には」

「ば、倍ですか⁉」

「こっそりちょっとずつ上げてアンジェを鍛えてたんだ。ほら、苗木を植えて、毎日飛び越えてちょっとずつ跳躍力を鍛える方法があるでしょ。アレみたいに」

「はあ……」

「だから僕のおかげって言ったときそれがばれたのかって思ったけど、違ったんだね」

「全然気づきませんでした……」

「すごいよ、アンジェ」

私は手を伸ばして、アンジェの頭を撫《な》でた。

いつものように撫でて……から思い直して、アンジェをそっと抱き寄せた。

「ありがとう、アンジェ」

「アレク様……私、アレク様のお嫁さんにふさわしくなれましたでしょうか」

「もちろん、僕のお嫁さんはアンジェ、君で良かったよ」

「……えへへ」

アンジェは嬉しそうに私の胸に顔を埋めて、ぎゅっ、と抱きついてきた。

しかし、今のカラミティをこうも治せるとは。

治癒魔法だけでいえば、アンジェは私を上回っているのかもしれない。

私のためにここまで頑張った。

そんなアンジェが、とても愛《いと》おしく思えて、私もぎゅっ、と彼女を抱きしめかえした。

屋敷の庭で、私たちはお互いのぬくもりと心臓の鼓動が感じられるくらい、強く抱きしめ合ったのだった。

04 ✦ 善人、二回目のモテ期到来

「最高のウェディングドレスを作りたい」

書斎の中、アンジェにそう宣言した。

「最高の……ですか?」

「ああ……とその前に念のため確認。アンジェはウェディングドレスに憧れは?」

「はい……あります」

アンジェは頬《ほお》を染め、恥じらって答えた。

彼女と十数年間ずっと一緒にいて、他人の結婚式を目撃したことも何度かあって、その度《たび》にアンジェの反応から、人並みにウェディングドレスに憧れていることは知っていた。

念のために確認したまでだ。

「うん、じゃあ作るよ。指輪も作るけど、まずはウェディングドレスからだね」

「でも……アレク様。最高のウェディングドレスってどんなものですか?」

「うん、土の目処《めど》はもうついてるんだ」

「土？」

素《す》っ頓狂《とんきょう》な声を出して、目を丸くするアンジェ。

「あの、土って？　ウェディングドレスと土になんの関係があるんですか？」

「桑の木を急いで育てる目処もついてる。カイコの急速成長も。だからまずはそのための土に混ぜる成分を揃《そろ》えないとダメだね」

「えっと……アレク様」

「ん？　なんだい？」

「もしかして……ドレスを作るために、その糸を吐くカイコ、カイコの食べ物の桑の木、その桑の木のタメの土……という意味ですか？」

「うん」

「そこから⁉」

盛大にびっくりするアンジェ。

「うん、そこから。ああ大丈夫、水はもう調達できているよ」

「水まで⁉」

「職人は土の後だね。こっちは人間相手だから、パパッとやる訳にはいかない。アンジェのドレスを作ってもらうため、僕が直接お願いしにいくつもりだ」

頭の中に設計図を思い浮かべる。

ウェディングドレスの設計図と、その原材料レベルの調達と作成を合わせたものだ。

賢者の剣から引き出した情報を元に組み合わせた、現時点で世界最高のドレスの設計図だ。

「そ、そんな大げさ過ぎますよアレク様」

「大げさなんてことはないさ」

「でも……」

「アンジェ」

私はアンジェと向かい合って、綺麗《きれい》な瞳を真っ直ぐ見つめる。

「僕は無茶なことは何もしていない。自分が持ってる全てを組み合わせただけ」

「アレク様……」

「アンジェへの気持ちだからね、できれば自分のかかわるところを増やしたいんだ。ダメかな」

「……ううん」

アンジェはゆっくり首を振って、嬉しそうに微笑《ほほえ》んだまま、私の手を取る。

「そんなことありません。アレク様のお気持ち……すごく嬉しいです」

「よかった」

「でもびっくりしました。本当に『そこから⁉』って思いました」

「アンジェに驚いてほしかったというのはあるね」

「それなら大成功ですアレク様」

アンジェと向き合ったまま、笑い合う。

ちょっと前まで彼女への感情は父性のそれが勝っていた。

それがカラミティの耐性強化で、彼女を鍛えるという行為につながっていた。

私の肉体も成長期を迎え、少しずつ大人になっていくのにつれて、アンジェに情愛のようなものが徐々に芽生《めば》えつつあった。

今となっては綺麗で素敵な女性だ、とアンジェを見る度にそう思う。

☆

「ご主人様」

アンジェを送り出したあと、書斎に籠《こ》もったまま、土の成分調整をチェックしていると、メイド長のアメリアが二人の令嬢メイドを連れて、書斎に入ってきた。

メイドたちは大量の封書を持っている――いや、抱えているというレベルだ。

ものすごく大量の封書をもって、メイドたちが現れた。

「どうしたんだいアメリア、それは？」

「各地の領主さまがたから送られてきたものです」

「領主たち？　ああ、結婚式の招待への返事かい？」

貴族とは体面と礼儀《れいぎ》を必要以上に重んじる物。

アンジェとの結婚式の招待を送ったから、そのお礼の手紙なのかな？

「はい、こちらの半分はそれです」

アメリアは左のメイドを示してそう言った。

「じゃあこっちは？」

「同じ方たちからの申し込みです」

「申し込み？」

「側室への申し込みです」

「……ええええ!?」

側室って、なんでまた。

「って、もしかして昔にもあった？」

「さようでございます、ホーセン様が取り仕切って全てを断ってしまったあの時と似ております」

「そうなんだ、でもどうして？」

「何をおっしゃいますか」

アメリアは若干《じやつかん》呆《あき》れ気味に答える。

「ご主人様が正室をアンジェリカ様にすると公言なさったではありませんか」

「うん、したね」

だから？　と小首をかしげる。

「そのアンジェリカ様といよいよご成婚なさる……正室が決まったから、気兼ねなく側室を狙える……ということなのでございますよ」

「ああ、そういうことか」

今までみんなアンジェに遠慮《えんりょ》してたんだ。

「しかし、結構来たね、諦めてない人がこんなにいるんだ」

「氷山の一角でございます」

「へ？」

「庭をご覧下さい」

まさか——という思いとともに窓に向かい、外を見る。

すると庭にはアメリアたちが持っているのと同じものが、文字通り山ほど積み上げられていた。

「アレ全部⁉」

「はい。現時点での総数は、過去にホーセン様が処理した分を倍、上回ってます」

「多いよ！」

「皆、それほどまでにご主人様に娘を嫁《とつ》がせたいのですよ」

「なるほど」

もう一度庭を見る、別のメイドが山に近づき、さらに届いたであろう封書を積み上げていく。

ものすごい評価だ……。

05 ✦ 善人、家族のシステムを提案

A good man,Reborn SSS rank life!!

もう一度窓越しに封書の山を眺めてから。

「アメリア」

「なんでしょうか」

「あれの名前をリストアップして、後で僕のところに持ってきて。丁重に断る返事を出さなきゃ」

「それでしたら――ここに」

あらかじめ用意していたものを取り出すアメリア。

ペラ紙が数十枚集まった紙の束だ。

それをアメリアの手から受け取って、表を眺めて――驚く。

「準備してたの？」

「必要かと思いまして」

「さすがアメリアだ」

「恐れ入ります」

もらった紙の束をぺらぺらめくっていく。

そこには女の子の名前と、おそらくその父親の名前と、地位などが書かれている。

ホーセンがはねた前回同様、多数の貴族や商人の令嬢が入っている。

「これで全部?」

「はい、ご主人様にご報告しに来た時点での、全てでございます」

「みんなの名前が一個も入ってないね」

「えっ?」

驚くアメリア。

怜悧《れいり》な美貌が崩れかける。

「僕のメイドをしてるみんなの名前だよ、一人も来なかったの?」

「い、いえ。それらのものはリストアップする際に除外しました。皆、親の思惑よりも、ご主人様にメイドとしてこのまま仕えたいと意見が一致したためです」

「そうなんだ」

「それよりも……今のこの一瞬で誰の名前もないとおわかりになったのですね……」

目を見開き、驚くアメリア。

「うん、日頃からみんなに助けられてるからね、名前はちゃんと覚えてるよ」

「……ご主人様、今の話を皆に伝える許可を下さいませんか？」

「うん？　別に構わないけど」

「ありがとうございます、皆も喜びます」

アメリアは「失礼します」としずしずと一揖《いちゆう》して、庭に戻るのだろうか私の前から立ち去った。

にしても、困ったもんだなこれは。

「すごいですアレク様！」

まるで入れ替わりにやってきたのはアンジェ。

彼女は無邪気な顔で駆け寄ってきて、私の横に立って窓の外を眺める。

「うん、すごい数だね」

「気持ちはすごくわかります」

「本人の気持ちならまだしも、このタイミングでこのやり方だと、九割九分、家の親の意思だろうね」

「そうなんですか？」

「アンジェだったらどうする？　自分の娘が本気で誰かを好きになったら、あんな手紙一枚出すだけにする？」

「あっ……しません」

はっとするアンジェ。

「そうですね、手紙だけじゃなくて、もっと何か別の——体当たりでぶつかっていきます」

「うん、それに場合によっては諦めるように説得するな、僕は」

「わかります！」

長くずっと一緒にいるだけあって、考え方が似通っているアンジェは私の意見に強く同調してきた。

「でも、困ったねこれ。こういう形はあんまり好きじゃないな」

ちらっとアンジェを見る、外を見て複雑な表情をしている彼女は私の目線に気づいた。

「アレク様は、側室は作らないいんですか？」

「アンジェはどう思う？」

「私は……あんなにいっぱいは困りますけど、アレク様を本当に好きな人なら、仲良くなれる気がします」

だから作ってもいい、ということか。

「ふふ、あんなにいっぱいは困る、はアンジェと同意見だね」

「はい、あんなにいっぱいはちょっと困っちゃいます」

「じゃあこうしよっか。これから僕の側室になる人は、僕と、僕のお嫁さん全員が認めた人限定にする」

「アレク様と、アレク様のお嫁さん全員？」

どういうことなの？　と可愛《かわい》らしく首をちょこんとかしげたアンジェ。

「簡単だよ、例えば次の人は、僕とアンジェが揃《そろ》って同意したら。その人が入ってさらに次の人は、僕とアンジェと前の人の三人全員の同意、さらに次の人は四人全員の、同意、その次は五人全員の……って訳《わけ》だね」

「わあぁ……」

意味を理解したアンジェは瞳を輝かせた。

「それは素敵です！」

「そう？」

「あっ、でもあまり意味がないかもしれません」

「どうしてだい？」

「だって、アレク様が好きになった人なら絶対いい人で、私たちも好きになるはずですから」

ニコリと言い放つアンジェ、そこにあるのは私へ向けられた絶対的な信頼。

そして、彼女の純粋さだ。

「そうでもないよ、人間って好き嫌いとかあるし、いい人と好きなのかどうかは別だと思う」

「うーん、そうなんでしょうか……」

「まあ、それは実際そうなってみると分かるよ」

「そうですね！　あっ、でもじゃあ私から推薦《すいせん》？　提案？　してもいいってことですよね？」

「もちろん、全員の同意がいるっていうことは、誰からも提案していいってことだよ。提案した後の結果は保証できないけど。あっ、そうだ。心からの同意じゃないと意味がないから、その投票はちょっと魔法を使っちゃおう。いやだけど僕に嫌われたくない、という同意じゃ意味ないもんね」

「大丈夫、この人ならアレク様も私も大賛成です！」

「ああ、聞いたのは推薦したいってことだからだったんだね」

「はい！」

アンジェは大きく頷《うなず》いた後、

「お姉様です！」

と、わくわくする顔で私を見つめた。

お姉様。

エリザベート・シー・フォーサイズ。

帝国皇帝であり、アンジェとは義姉妹の間柄であり、私のメイドもやっている複雑な女性。

「お姉様ならいいですよね！」

今は二人、故《ゆえ》に実質私の同意だけだと、アンジェは期待する顔で私に迫る。

まあ、予想はしていた。

というか、あえて言葉にしなかったが、遠回しにアンジェの後まで待ってもらっている。

「うん、もちろん。エリザは僕にはもったいないくらいのすごい女性《ひと》だからね」

「やった！」

「でもアンジェ」

「え？　でも？」

「気が早すぎ」

私はアンジェの顔に手を添えて、頬《ほお》にちゅ、とキスをした。

「まずは、僕とアンジェの結婚式だよ」

「――はい！」

06 ✦ 善人、結婚の女神を捕捉する

A good man.Reborn SSS rank life!!

「結婚式の準備を進めないとね。アンジェ、パレードとか、お祭りとか、そういうのをしちゃうけど、大丈夫かな」

「はい！　全然大丈夫です！　アレク様のお嫁さんになるのですから、心の準備はちゃんとできてます！」

言い切ったアンジェがとても頼もしかった。

というか、これはむしろ私の方が心の準備ができていないのかもしれない。

皇族や高位の貴族の結婚、それも正室の時はかなり大きな、場合によっては国を挙げての行事になることが多い。

前皇帝が皇后を迎えた時は都が一ヶ月以上祭りになったのを覚えてる。

国父、副帝。

それらの称号が付いてる私もそういう結婚式になる。

それを貴族の娘であり、私の許嫁《いいなずけ》期間が長かったアンジェはしっかり心の準備ができてい

るという。

むしろ前世で庶民《しょみん》だった私の方にためらいが残っている。

「わかった、じゃあ準備は僕の方で進めておくね」

「アレク様、一つだけ、お願いしてもいいですか」

「うん、なんだい。なんでも言ってみて」

「結婚式なんですけど、神様の前でできたらなあ……って」

「神様の前か」

結婚というのは神聖にして荘厳なもので、通常でも比喩《ひゆ》として「神の前で」誓うことがほとんどだ。

「本当に神様の前で、って意味だよね」

「はい……わがまま言ってごめんなさい」

「ううん、全然わがままじゃないよ」

「じゃあ、アスタロト様にお願いしてくれますか？」

「……うーん」

「ダメなんですか？」

若干《じゃっかん》の落胆《らくたん》とともに訝《いぶか》しむアンジェ。

「ああ、そうじゃないよ。ただアスタロトはどうかなって。賢者の剣、結婚を司《つかさど》る神様っている？」

常に背中に背負ってる賢者の剣に触れて、それを問う。

答えはすぐに返ってきた。

「ユーノー。っていう名前の女神みたいだね」

「ユーノー様ですか」

「うん、結婚と出産を司る女神みたいだね。どうせならユーノーに立ち会ってもらおうよ」

「本当ですか!?」

「うん」

頷く私。

「このことは僕に任せて」

☆

アンジェと別れた後の書斎の中。

一人になった私は、女神アスタロトを召喚した。

「お呼びでございますか、主様《あるじさま》」

「ごめんね、ちょっと聞きたいことがあるんだけど」

「なんなりと」

「アスタロトはユーノーのことを知ってる？」

「結婚と出産を司るユーノーのことでございますか」

「そう、そのユーノー」

どうやら知っているようで、第一関門を突破してほっとした。

なぜなら、賢者の剣にはユーノーの居場所の情報はないからだ。

居場所というのは情報であり、知識ではない。

あらゆる知識を持っている賢者の剣も、その都度《つど》変化する「居場所」の情報は得られない。

だからアンジェに「任せろ」といって、アスタロトを呼び出したのだ。

「そのユーノーの居場所知ってる？」

「申し訳ございません。天界にはいない、としか」

「いないの？　もしかしてアスタロトと同じ？」

何かの拍子で堕天《だてん》して悪魔になったのかと思ったが、アスタロトは静かに首を振って、否定した。

「いいえ、単に創造神と折り合いが悪く、天界にはいないだけでございます。今もきっと、世界のどこかで仲良し夫婦を見守っていて、加護を授けている最中かと」

「あーなるほど、それは創造神と仲悪くなりそうだね」

アスタロトの言うことが本当なら、ユーノーというのは神になっても人々——夫婦に祝福を授けて回ってる女神ということになる。

　そりゃあの創造神と折り合いが悪くもなる。

「でもそっか、アスタロトも居場所知らないか」

「申し訳ございません」

「ううん、気にしないで」

　さて、どうしよっか。

　アスタロトも知らないとなると、今のところ手がかりがないようなものだ。

　アザゼルとかマルコシアスにも話を聞いてみるか？

　よし、なら呼び出して——

　コンコン。

「ご主人様」

「アメリアかい？　入って」

「失礼します」

　ノックからの入室、そしてしずしずと一揖《いちゆう》。

　メイド長のアメリアは、その動きもかなり洗練されていた。

「どうしたの？」

「先ほどご報告があり、ご主人様のご神像の周りで外傷のない死体が見つかったとのことです」

「また創造神か」

私の神像の周りに死体が——ホムンクルスの存在は一般人には知られていないから、創造神が侵入しようとして、それを阻止した後にのこったホムンクルスの肉体は「外傷のない死体」として報告されてくる。

「いかがなさいますか？」

「慎重に運んできて、僕が処理する」

「承知いたしました」

「——っ！　待って」

立ち去ろうとするアメリアを呼び止める。

一度身を翻《ひるがえ》した彼女は、流れるような動きでそのまま一回転して、私に向き直る。

そんなアメリア、そして未だにそこにいるアスタロトたちに手を突き出して止めるジェスチャーをしつつ、残った片方の手で額を押さえて、考える。

今の一瞬で何かがひらめいた。

なんなんだ？

「……アスタロト」

「はい」

「ユーノーゆかりのもの、あるいは場所ってある？」

「クジャクの指輪がございます」

「クジャクの指輪？」

「帝国皇帝が代々、結婚指輪としてあしらっている代物《しろもの》でございます。クジャクはユーノーゆかりの聖鳥でございますので」

「なるほど、ありがとう。アメリアもありがとう」

二人に礼を言って、私は魔法で帝都に飛んだ。

宮殿にやってきて、すぐそばを通る使用人にエリザの居場所を聞く。

「陛下は沐浴《もくよく》中でございます」

「ありがとう」

沐浴ってことは、エリザ専用の大浴場か。

入ったことはないけど、場所は分かる。

そこに一直線に向かっていく。

大浴場の表にやってくると、そこにいる使用人たちが私の姿を見て、一斉に跪《ひざまず》いた。

「陛下にお目通りを」

「少々お待ちください」

女の使用人が一人中に入って、すぐに出てきた。

「遠慮《えんりょ》せず中へ、との仰《おお》せです」

「ありがとう」

若干戸惑いがないわけではないが、エリザがそう言うのならばと私は中に入った。

湯気立ちこめる大浴場、沐浴の手伝いをする薄着の女の使用人たち。

そして、一周するだけでちょっとした運動になるほどの巨大な湯船の縁《ふち》に腰掛けている裸のエリザ。

「むっ」

「アレクが訪ねてくるなんて珍しい、何を急いでるの？」

エリザの綺麗《きれい》な裸体から目をそらす——のも失礼だから、私はじろじろとはならない程度に、エリザの顔だけ視界に入れるように見つめて、答えた。

「陛下にクジャクの指輪をお借りしたく」

「こんなところだし堅苦しい言葉遣いはいいわよ。クジャクの指輪って、私のはまだないわよ」

「……うん、だから先帝のものを。一目でいいから見せてほしいなって」

エリザがそう望んでいるから、私はいつもの口調に戻して、来意をつげた。

「要はクジャクの指輪であればいいのね。いいけど、どうして？」

「アンジェのために、結婚を司る女神ユーノーに会うために」

「分かった」

エリザは立ち上がって、ものすごく広い湯船を横断してこっちにやってきた。

裸のまま私の横をすり抜けた。使用人たちが上着を掛けてやった。

薄絹の上着一枚で大浴場を出た。

「宝物庫から先帝と皇后陛下の指輪を持って参れ」

「はい！」

使用人の数人が同時に走り出した。

エリザはその間残った使用人に着替えさせてもらう。

しばらく待っていると、着替えが済むのとほぼ同時に、指輪を取りに行った使用人たちが戻ってきた。

先頭の二人が、小さな宝石箱を二つ持っている。

「ご苦労」

エリザは皇帝の口調で使用人を労《ねぎら》いつつ、それを受け取って、私のところにやってきた。

風呂上がりの上気したエリザ、すぐ目の前にやってきて、ちょっとドキッとした。

「はい」

「ありがとう、でも大丈夫」

私は宝石箱に手を触れた。

よかった……あった。

「もう大丈夫」

「なにが?」

「創造神を捕まえた話を聞いてるかい」

「ええ、アンジェから聞いてるわ」

「あれと同じ、ここから女神ユーノーの波動を覚えたの。これで追える」

「そう、だったらちょっと待って」

「え?」

「面白そうだから、私もついていくわ。もしかしたらアンジェのためにできることがあるかもしれないじゃない」

「……ありがとう」

「馬鹿ね、アンジェのためよ。ちょっと待って準備するわ」

エリザはそう言って使用人たちを引き連れて一旦立ち去った。

私はこの場に残って、ユーノーの波動をよりしっかり、頭にたたきこんだ。

07 ✦ 善人、結婚の女神を口説く

街の中にある私の神像の一つ、そこにエリザと二人でやってきた。

神像の前には相変わらずの人だかりで、こっそりやってきた私たちはそれに近づけず、遠くから眺めていた。

「ここで引っかかったの？」

「うん」

頷《うなず》く私。

神像は創造神対策で、私の感覚を拡大、増幅する機能が盛り込まれている。

その気になれば、神像の近くを通ったあらゆる存在の捕捉《ほそく》ができる。

エリザから貸してもらった指輪に残っているユーノーの気配を探ったらここに辿《たど》り着いた。

「しかしまあ、あの俗物《ぞくぶつ》もたまには役に立つわね」

「エリザは本当、創造神が嫌いなんだね」

私はすこし苦笑いした。

ここまでくると少し面白くも感じる。

「創造神なんて名乗ってなきゃ別にいいんだけど。そうしてるくせに器《うつわ》がちっさいのが嫌い」

一気にまくし立てたあと、エリザの語気は一転。

「で、ここからどうするの？」

「しらみつぶしかな。ここで引っかかった気配はまだ新しいから、それを辿って探していくよ」

「なんか犬に探しものをさせてるみたいだね」

「あはは、似たようなものかもね」

エリザと談笑する一方で、私は意識をユーノーの捕捉に向けた。

「……いるね」

「あっさり見つけたのね」

「多分、神は自分の足跡に無頓着《むとんちゃく》なんだと思う。普通の人間は感じられないからね」

「それもそっか」

納得するエリザを連れて、私の神像を背にして歩き出した。

ユーノーの残り香を辿っていくと、街外れの空き地に着いた。

空き地の中に一組の子供がいた。

ともに十歳くらいの幼い子供、男の子と女の子だ。

「グズ！　のろま！　早くしないとおいていくわよ」

「ま、まってよーミーナちゃん」

遭遇《そうぐう》したのは、一目で二人の力関係がよく分かるシーンだった。

女の子はかなり高圧的な態度で男の子に荷物持ちをさせている。

「あれなの？」

「うん、あの子たちから気配を感じる」

「本人？」

「ううん、関わり合いがあるってだけで、本人じゃないよ」

「そっか」

「私になんの御用？」

「わっ、びっくりした」

真横からいきなり話しかけられた。

横を向くと、色っぽい女性の人が、空中でソファーとかに寝そべった格好をしている。

「あなたがユーノー様？」

「そういう君は今噂《うわさ》のSSS君だね」

「噂の？」

「人間のくせにあいつとドンパチやってるじゃない？　私たち、私たちの間じゃ噂で持ちっきり」

「あいつ……創造神のこと？」

「……まあね」

なんかちょっと気になる間があった気がするが。

「ねえアレク、誰と喋《しゃべ》ってるの？　もしかしてそこにいるの？」

同行しているエリザが私の袖《そで》を摑《つか》んで、聞いてきた。

「うん、いるよ。せっかくだから見えるようにしてあげる」

私は手を伸ばして、エリザの両目を覆《おお》うようにそっと触れた。

神格者の力を使い、眼を開く。

手を離すと。

「本当にいた」

エリザは大して驚くことなく、浮かんでいるユーノーを両目でしっかり捉えた。

「はーい、一応初めまして皇帝さん」

「一応？」

ユーノーはエリザの質問に答えず、ゆっくりと手を上げて、さっきの子供たちを指した。

「あの子たち、どう思う？」

「そうね、思春期《ししゅんき》になったら面白そう？　恋心が芽生《めば》えたは良いけど、今まで散々好き勝手にやってきたから、あの女の子、自分の気持ちに素直になれない。ってところかな」

「ぴーんぽーん。そしてもっと面白いが——君なら分かるでしょ、あの男の子」

「うん、魂が輝いてる」

神格者になってからくせになった、魂の輝き、ランクを見る行為。

女の子の魂もそれなりに綺麗《きれい》だが、男の子はかなり輝いている。

「Aだよね、間違いなく。今がこうってことは、かなりの才能を持ってるのか、それともいい運命が待っているのか?」

「そう、あの子十六歳になったら自分の意志関係なくモテモテになるのよ。さなぎを破って蝶になった幼なじみの男の子と、自分の気持ちに素直になれない女の子」

「ドラマティックだね」

「……悪趣味」

エリザがつぶやく。

「誤解しないで。私はあいつとは違うの。結ばれる運命の二人の、その途中の紆余《うよ》曲折《きよくせつ》が見たいだけ」

「結ばれるんだ?　あの二人」

「当然。ハッピーエンドじゃない恋なんて見てて楽しくないわ」

「……そういうのをずっと見てたら、周りから結婚を司《つかさど》る女神って呼ばれるようになったんだね」

「正解」

にこりと微笑《ほほえ》むユーノー。

「というわけで、皇帝さんのことは昔からちょこちょこ盗み見してたの。あなたもかなり難儀《なんぎ》な恋をするからね」

「なるほど、だから一応なのね」

エリザは納得した。

……難儀な恋になるのか、エリザは。

「意外な真実ね。それを話しても誰も信じそうにないわ」

「で、噂のＳＳＳ君が私になんの用？」

「僕の結婚式に立ち会ってほしいって、お願いしに来たの」

「だれとの？　あなたの相手山ほどいるじゃない」

「山ほどはいないと思うけど……」

「まだ出会ってもいない子もいるからね。生まれてきてない子も」

「生まれてきてない子も⁉」

それはさすがにびっくりした。

「そんなにびっくりすること？　えっと……そのうちの一人が四年後に生まれてきて、ＳＳＳ君と結ばれるのは三十四年後ね」

「五十歳と三十歳ね、普通過ぎるわ」

「ねー」

エリザの言葉に同意するユーノー。

男が五十歳、女が三十歳。そして貴族。

うん、びっくりはしたけど、結構普通かもしれない。

「むしろ、三十歳で貴族と結婚する女性ってどういうことなのか気になるね。一般論として」

「三十四年後に分かるんじゃない」

「そうだね」

いずれ分かることなら急ぐこともない。

今はそれよりもアンジェのことだ。

私は改めて、居住まいを正してユーノーに向き直って。

「アンジェと結婚することになったんだ。その結婚式に立ち会ってほしい。お願いします！」

深々と頭を下げた。

「えー……」

ユーノーはつまらなさそうな声を出した。

「えっと、ダメ？」

「だってつまんない」

「つまんない？」

「SSS君とアンジェリカ・シルヴァでしょ。この先波風もなく幸せしかない組み合わせじゃないの」

「おめでとうアレク、女神のお墨付《すみつ》きだよ」

エリザに祝福された。

いや、それはそれで嬉しいけど。

「お願いします！　なんでもしますから！」

もう一度頭を下げた。

アンジェのため、ここはどうしてもユーノーを口説《くど》き落とさないと。

「……なんでもする？」

「うん！」

顔を上げて、ユーノーを真っ直ぐ見つめる。

しばらくの間、ユーノーと見つめあう。

まるで探るような目でじっと見られてから。

「もうちょっと先になるけど、とびっきり難儀な相手を連れてくるから、その子をSSS君の側室に――」

「分かりました！　お願いします！」

ユーノーが言い切る前に即答した。

彼女がそう言うからには、結構面倒臭《めんどうくさ》い相手かもしれない。

それでも、アンジェの願いを叶えるためだ。

「よろしくお願いします！」

私は三度頭をさげた。

「いいわ、その熱気に免じて、やってあげる」

08✦善人、女神をはめる

A good man,Reborn SSS rank life!!

「アレク？」

「本当に、本当にやってくれるんですか」

「ええ、やってあげる。ＳＳＳ君はそこそこ面白いしね」

「本当ですか！」

エリザが隣で不思議そうな目で私を見る。

それに気づかないフリをして、ユーノーを見つめ続ける。

「二言《にごん》はないわ」

「ありがとうございます！　早速アンジェに伝えなきゃ！」

「私も行くわ。今のあの子見てみたいし」

「アンジェのことを知ってるの？」

「ＳＳＳ君と違う面白さなのよ、あの子」

「僕とは違う？」

「どういうことなの？」

アンジェのことは気になるのか、エリザが食い気味にユーノーに問うた。

「前世の査定だけでいえば、あの子はBランク程度だったの。その辺にいる、特にいいことをしたわけではないが、生涯《しょうがい》悪事を働いたこともこれまたない」

「その程度じゃ……アレクの妻に生まれてくるには不足しているわね」

あごに手を当てて、真剣な顔でつぶやくエリザ。

「そう、運命でいえば、SSS君の妻になるにはSが必要、最低でもA。なのに彼女はB。どうしてだと思う？」

「……それ以前の人生が高かったから」

少し考えて、答えるエリザ。

「そっか。ユーノー様、さっき『だけ』っていったもんね」

「着眼点は正解、理由は半分だけ。まあ、当てられるものじゃないから教えるけど、彼女は過去九回の人生にわたって一度も罪を犯していないの」

「一度も？」

「そう、一度も。Bランクを九回繰り返した。そういう魂は特例でS相当の人生を与えられるの」

「そういうのもあるんだね」

「カードゲームの役みたいね。ということは他にも『役』はあるの？」

「あるよ。狙ってできるものじゃないけど」

「うん、そうだよね。生まれ変わるときに記憶なくなっちゃう。前世のことなんてわからないもんね」

私がそう言うと、ユーノーはニヤニヤして私を見た。

これは……私が偶然記憶をもったまま生まれ変わったことを知ってるな。

まあ、聞くところによるとかなり高位な神様だし、さもありなんってところだね。

「ユーノー様」

エリザが真顔でユーノーを見つめる。

「もしかして、アレクが頼み込まなくても引き受けるつもりだったのでは？」

「正解。でもせっかくだしＳＳＳ君の普段とは違うところを見たくてね。ちょっともったいぶった」

「それはちょっとひどいですよ」

私はちょっとすねてみた。

「あはは、ごめんごめん。お詫《わ》びにちゃんと頼まれたことをやってあげるから」

「じゃあ、今からアンジェに知らせに行くから、一緒についてきてくれる」

「オッケー、行きましょう」

☆

エリザとユーノー、二人と一緒に屋敷に戻ってきた。

屋敷の中に入って、メイドのアグネスがちょうど目の前を通り過ぎていこうとした。

「アグネス」

「あっ！　お帰りなさいませご主人様」

大きな布のようなものを抱えているアグネス。

それで私が見えなかったこともあり、私に気づいて慌てて頭を下げた。

「あっ、エリザ……様も、ようこそ」

エリザを見て、今日はメイドモードじゃない——つまり同僚じゃなくて客人だと分かり、そっちにも慌てて頭を下げた。

反応したのは私たちにだけ。

一緒についてきたユーノーは、再び姿を消したので、私以外（エリザも）見えなかった。

「なんか慌ててるけど何をしてたの？」

「実は今、みんなでアンジェ様の衣装を選んでるところなんです」

「衣装を？」

「結婚式の衣装、というかドレスです。結婚式にお色直しって必要じゃないですか」

「そういえばそうだね」

「アンジェ様がお色直しそんなにいらないっていうから、今みんなで数を絞《しぼ》り込んでる最中なんですよ。少なくなるのは仕方ないですけど、せめてアンジェ様の魅力がみんなに伝わるような少数精鋭を選んでます」

「そっか。何着くらいになるの？」

「はい、最終的には百まで絞る予定です」

「百⁉」

　びっくりしすぎて、ちょっと声が裏返ってしまった。

「それはちょっと多すぎないか？」

「え？　でもご主人様たちの結婚式って、一週間くらいやるんですよね」

「いや、そんなには――」

「そうね、それくらいが妥当《だとう》ね」

　一緒にもどってきたエリザがアグネスに同意した。

「先帝陛下の時は丸一ヶ月帝都でそれをやっていたわ。アグネス、あなたの家はどうだったの？」

「お父様が結婚したときは三日くらいお祭り騒ぎだったって聞いてます」

「普通の貴族が三日、皇帝が一ヶ月。アレクはその間をとって一週間、妥当《だとう》でしょう」

「そういう風に言われると……なんかそんな気もしてきちゃうね」

この辺はやはりナチュラルに貴族に生まれた人間の感覚なんだろうか、前世の記憶を引き継いでる私にはよく分からない感覚だった。

「じゃあアンジェのところに案内して」

「はい！」

アグネスは先導して歩き出した。

彼女についていって、アンジェの部屋にやってくる。

「アレク様！　お姉様！」

部屋に入った私たちを見て、アンジェは顔をほころばせた。

今にも駆け寄ってきそうな喜びようだが、メイドにドレスを着せられている最中だったので身動きがとれなかった。

代わりに私とエリザがアンジェの元に向かった。

「綺麗《きれい》だよアンジェ」

「本当ですかアレク様！」

「うん。そのドレスはお気に入りかい？」

「はい。でも色々あって、どれにすればいいのか迷ってます」

「そういう時はね」

　エリザが笑顔でアンジェにアドバイスする。

「どれを着たらアレクが喜びそうだって考えればいいのよ」

「はい！　全部それで選んでます！」

　アンジェはやっぱりアンジェで、健気《けなげ》にもほどがあった。

「そういうことをアンジェに吹き込まないでくれ。アンジェ、僕じゃなくて、アンジェが着たいのを選べばいいいんだからね」

「でも……」

「アンジェが僕を慕《した》ってくれてるのは分かる。でもね、これは結婚式なんだ。結婚式の主役は花嫁。それは僕たちでも変わりはないはずだよ」

「そうなんですか」

「そう。だから、アンジェが一番着たいものを選んで」

「……はい！　分かりました！」

　アンジェは素直な子だ、こう言えばその通りに選んでくれるだろう。

　隣でエリザがやれやれって顔をしているけど、スルーしておいた。

「そういえばご主人様、アンジェ様になにかご用があったのでは？」

　私たちを案内してきたアグネスが言った。

「そうだった」

「私にですか？」

「うん。ユーノーを見つけてきた、ちゃんとオーケーも取ってきたよ」

「本当ですか！」

アンジェが驚き、喜ぶ。

そばにいたメイドたちがどよめく。

「さっきアンジェ様が言ってた結婚の女神のこと？」

「ご主人様すごいなあ……」

「アンジェ様おめでとうございます」

と、次々にいった。

どうやらアンジェは彼女たちとそういう会話をしていたみたいだ。

「それでね、ちょっと当日の打ち合わせを簡単にやっておこうと思ってね」

「はい」

「最後の誓いの時、こう向き合うよね」

私はそう言って、アンジェと向き合う。

誓いの口づけをするときの気分だ。

「それで、僕はアンジェの肩にそっと触れる」

宣言したとおり、アンジェの肩に手を触れる。

すると。

「えええっ！」

「ど、どこから現れたの、その女の人」

「神々《こうごう》しい……まさかこれって」

さっき以上にどよめくメイドたち。

今、彼女たちの目にはユーノーが見えている。

それまでいなかった女神を目にして、みんな驚き、そしてうっとりしている。

「アレク様、まさかその方が？」

「そう、結婚の女神ユーノー。基本はずっといるけど、僕がこうしてアンジェに触れた時だけ、普通の人間にも見えるようにする。傍《はた》から見れば、僕たちのために降臨してくれたように見えるはずだよ」

「……すごい！　ありがとうございますアレク様！」

私の演出にアンジェは嬉しがって、私に抱きついてきた。

ちら、っとユーノーを見た。

やってくれたね、って顔をした。

ちょっとした意趣《いしゅがえ》返し。

ユーノーは列席するだけのつもりだけど、せっかくだから姿を見せてもらう。
アンジェのためにやってきた、という形にしたかった。

09 ✦ 善人、賢妻に恵まれる

A good man,Reborn SSS rank life!!

国父領アヴァロン、副帝都グラストン。

領主の館のリビングで、アンジェとエリザの二人が昼下がりのティータイムを嗜《たしな》んでいた。

太平の世を象徴するような黄金色の日差しが壁一面の窓ガラスから差し込まれて、美女と美少女の周りを彩《いろど》っていた。

「もうすぐね、二人の結婚式」

「はい、ドキドキわくわくの毎日です。尊敬するアレク様といよいよ結婚ができるって思うと……毎日夜も眠れません」

「尊敬なの？」

「はい！　憧れです、世界一素敵な男の人だって思います」

「はいはい、熱い熱い。そこまで剛速球でのろけられたら用意してるからかいが全部使えなくなっちゃうじゃない」

「もう、お姉様ったら」

くつろぎ、雑談に興《きょう》じる二人の姿は、実の姉妹以上に仲がよいように見える。

皇帝エリザベート一世の義妹というのは、本来であれば爵位を持つ貴族とほとんど同じ立ち位置であるのに、この二人に限っていえば主従というよりも本当に姉妹っぽい。

「でも、本当に楽しみです。皆さんどういう人なのかもわくわくです」

「皆さんって？」

「はい！　この先アレク様のお嫁さんになる皆さんです」

「もうそんなことを考えてるの？」

考えるのがおかしいという発想は決してエリザからは出てこない。

アレクとアンジェらと、またメイドたちともフレンドリーにしていながらも、彼女は皇帝——生粋《きっすい》の高貴な生まれだ。

貴族の長子《ちょうし》が、よほどの変人でもない限り正室側室と、「妻」に相当する相手を何人も抱えるのがあたりまえだから。

良い悪いという話ではない、それが貴族の世界ということだ。

「はい！　アレク様のお嫁さんになる人はきっとみんな素敵な人たちばかりだと思います！　みんなと仲良くなりたいです」

「ふふ、まるでアツージ姫ね」

「どなたですか？」

「歴史上の人物よ。たぐいまれな賢妻《けんさい》でね、武将であった夫をもり立てて家を上手《うま》く治めたという人。どの史料をみても妻同士はまったく諍《いさか》いがなかったみたいよ」

「仲良しなのは良いことです！」

「アンジェリカ姫も将来はそう史料に書かれるのかもね。妻たちを上手くまとめ上げた稀代の賢妻、と」

「そ、そうですか？」

「だってみんなと仲良くしたいのでしょう」

「はい」

「彼の側室になりそうな子、庶民《しょみん》の出も何人かいるでしょう」

「えっと……はい」

エリザもアンジェもアレクと付き合いが長く、彼女たちの目からそれらしき少女が何人かいることが分かっている。

そして、二人はそうはならないが、庶民がほとんど一夫一妻《いっぷいっさい》であることも知っている。

「その子たちと上手く仲良くできたら自然とそう書かれるわよ。そもそも、アレクのすごさは史料なんかには１００％書き切れないしね」

「えっと……？」

アンジェはどういうことなの？　と小首をかしげてエリザを見つめる。

「つまり、史料という文字に落としたら、アレクはそこそこの傑物《けつぶつ》にしかならないってこと。すごすぎると嘘くさいのよ、歴史っていうのは」

「そうなんですね」

エリザはにこりと微笑《ほほえ》んだ。

そこを素直に納得し、受け入れることができるのがアンジェの得がたい美徳だと彼女は思っている。

「だからアレクにこのアヴァロンに入れって命令したのよ。ここに来れば、どう控えめに書かれても長い間荒廃したアヴァロンを立て直した、という実績はのこる」

「なるほど！」

「話がずれたわ。まあそういう『そこそこの傑物』の影に賢妻があった。後世はその話をすんなり受け入れるし、アンジェの名前もいつまでも残るわね」

「は、恥ずかしいです……」

アンジェは朱に染まる頬《ほお》に手をあてて文字通り恥じらった。

話が一段落したところで、アンジェが違う話を切り出した。

「あの……お姉様は？」

エリザは聡い。

元から生まれ持った性質と、皇帝として君臨し続けた「日々の訓練」の結果で、彼女は聡く、言葉の行間《ぎょうかん》を読む能力に長《た》けている。

若干《じゃっかん》の申し訳なさから言葉足らずになったアンジェの言葉も正確に理解した。

「余は難しい。彼を幸せにするのは本意ではない」

皇帝としてだとどうしてもそうなる、とため息をつくエリザ。

アレクとの出会いが十年も遅かったら、「皇帝」が完全に彼女の中に染みついて抵抗感はなかっただろう。

しかし彼女は少女の時期にアレクと出会い、度重《たびかさ》なるお忍びで、皇帝ではなく女の心と気持ちを保ってきた。

その気持ちが皇帝としてアレクを幸せにするという形を拒《こば》んでいる。

「いつもメイドになってるのに？」

「メイドはオーケーなのよ。明らかにおかしい行為は、何かの調査とか、そういう言い逃れができる。実際そういうことをしているしね」

「あっ、そうですね」

「彼の――妻になるということはそうはいかない。厳密にいえばなれないことはないけど、子はなせない。そこまでいったら言い訳がつかないのよ」

エリザの語気に微かな苦いものが混じっていた。

その一方で、

「お姉様、世の中には似てる人が三人いるっていうんです」

アンジェは笑顔のままだった。

「どういうこと?」

「皇帝陛下はすごくアレク様を気に入ってます」

「……ええ」

「ある日自分とうり二つの女の子を見つけた。これだ! って思った陛下はその子を義理の妹にして、アレク様に下賜《かし》した」

というストーリーがある——の部分笑顔のまま呑《の》み込むアンジェ。

それを聞いたエリザは啞然《あぜん》とした。言わんとすることを理解できたからだ。

「なるほど、盛大に儀式をして、私《わたし》とその子を同時に公《おおやけ》に姿を見せる。それでその後は大手振って」

「はい!」

「……どうしてそこまでしてくれるの? さっと出たってことは、ずっと考えていたのよね」

「だって、アレク様のお嫁さんになるのは世界一幸せなことだから」

即答するアンジェ、迷いは一切ない。

「だから、お姉様も」

「……お人好し」

「えー、ひどいですお姉様」

「アレクが感染《うつ》ったのね」

「えー……えへへ」

恥じらうアンジェ、すごく嬉しそうだ。

そんなアンジェを見て、エリザも笑った。

さっきまでの憂《うれ》いはもう跡形もない。

「それは私がやっとく、アレクには内緒ね」

「はい！」

アレクの知らないところで、幸せの道が作られていた。

10 ✦ 善人、民に慕われる

A good man,Reborn SSS rank life!!

あくる日の昼下がり、屋敷の庭に次々と荷馬車がやってきて、次から次へと品物を運んできた。

それをメイドたちが受け入れて、マリが書き留めてリストを作っている。

「アレク様、これは……？」

外から帰ってきたアンジェがびっくりした顔で聞いてきた。

庭の奥にカラミティが戻ってきた気配を感じたので、二人でまたどこかで治癒《ちゆ》魔法の練習をしてきたんだろう。

「お帰りアンジェ。僕たちの結婚祝いだよ」

「結婚祝い、ですか？」

「うん、式の招待状をこの前出したからね、それを受け取ったから祝いを送ってきたんだね」

「そうだったんですか……すごく多いですね」

次々と運び込まれてきて、積み上げられていく贈り物を見て、アンジェは目を白黒させていた。

「アレク様、招待状はどのような方に送ったんですか？」

「帝国の貴族たちはみんな。メイドのみんなの実家とかね」

「なるほど」

「ホーセンとミラーのところには自分で招待状を持っていった」

「お姉様には？」

「送ってない。エリザはアンジェの姉で皇帝陛下だからね。身内だし、『奏上《そうじょう》』という形になるしね」

「そうだったんですね」

「そうだ。一段落したらアンジェのお父さんのところにも挨拶《あいさつ》に行こう。娘さんを下さいって言わなきゃ」

「えっ？　でもアレク様、お父様は準男爵ですよ？」

驚くアンジェ。

アンジェと私の結婚は、副帝家と準男爵家の結びつきでもある。

表向きには、私が出向くのは色々問題が生まれる。

「うん、だからこっそり行こう。ちゃんと『娘さんを下さい』って言わせて」

「……はいっ！」

アンジェは嬉しそうに頷《うなず》いた。

見つめあう私とアンジェ、ちょっといい雰囲気《ふんいき》になる。

「ご主人様」

そこにメイド長のアメリアがやってきた。

「どうしたのアメリア」

「すみません、贈り物が多すぎて、置く場所がもうありません」

「ありゃ」

アメリアの背後を見る。

山のように積み上げられた贈り物。メイドたちが整理しつつ屋敷や倉庫に運んでいるようだが。

「もう入らないの」

「はい。予想よりも多く、もう屋敷には」

「わかった――カラミティ」

魔法を使って呼ぶと、庭の奥から気配が動いた。

普段は人前に出ないカラミティがのそりと出てきた。

ざわつく。

贈り物を持ってきた貴族たちの使いの者たちにどよめきが起きる。

「おい、あれって」

「帝国の守護竜……」

「本当にいたのか」

「カラミティ」

「なんだ、主《あるじ》よ」

カラミティの「主」発言でまたざわつきが大きくなった。

「アメリアと協力して、受け取ってリストに入れたものをカーライルの屋敷に運んで」

「承知した」

「「「おおおおお」」」

今日一番のざわつき——歓声にも似た声が上がった。

多分、カラミティをあごで使ったのを目撃したからだろう。

「マリ」

「はい」

リスト作りの協力をしているマリを呼び寄せた。

「どれくらい返ってきてる?」

「えっと……」

「人数で割って。副帝が正室を迎える式だから、祝いの品は100%返ってくると思って良い」

「なるほど！　それだと……えっと……あの……」

唸《うな》るマリ、文字は得意だが計算は苦手のようだ。

「さ、三割、くらい……です？」

「うん」

細かい数字が知りたい訳《わけ》じゃない。

計算があやふやでも、一つはっきりしてることがある。

まだまだ来るってことだ。

「どうしますかアレク様」

「そうだね……」

「ご、ご主人様」

頭を悩ませていると、今度はアグネスが慌てて駆け込んできた。

「どうしたのアグネス」

「サイケ村というところから来てます」

「サイケ村？」

ちらちらと背後を見るアグネス、その視線を追いかけていく。

すると、貴族たちの豪華な荷馬車と荷物とは違って、簡素な牛車《ぎっしゃ》に食糧の山を積んで、見覚えのある村人たちがその周りにいる。

サイケ村。

私が初めて食糧の買い取りを始めた村だ。

招待状は送っていないのだが、聞きつけて祝いの品を贈ってきたみたいだ。

「村全員からの気持ちだそうです」

「そっか、それはお礼を言わないと――ん？」

「どうしたんですかご主人様」

「牛車がまた来るね、あれはサイケ村じゃないよね」

「え？　本当だ。ちょっと聞いてきます」

アグネスは慌てて走っていって、新たにやってきた村人たちに話を聞いて、また走って戻ってきた。

「分かりました、リネトラ村ですご主人様」

「リネトラというと、ロータスか」

「あっ、また来ます！　行ってきます」

アグネスがめざとく見つけて、屋敷の表に辿《たど》り着いた別の村の一団に走っていった。

今度は戻ってこなかった。

話を聞いた後戻ってこようとしたが、また別の村らしき人々がやってきたので、そっちに話を聞きに行った。

一つ二つではない、アグネスがしばらく戻ってこられないほど、次々とやってきた。

どうやら、アレクサンダー同盟領の村の人々だ。

貴族と違って農民にとってここまで来る旅費はかなりの出費だから招かなかったのだが、向こうから話を聞きつけて祝いを贈ってきた。

「すごいですねアレク様。みんなアレク様に感謝してるんですね」

「ありがたいね。アヴァロンの次は、カーライルの領内でも一度式をやろっか。みんなが来やすくするために」

「はい！」

私の提案に、アンジェは笑顔で同意してくれて。

私は次々とやってくる村人を見守りながら、カーライル領ではどういう式にするのかを頭の中で練《ね》り続けた。

11 ✦ 善人、罪をかわりにかぶる

昼下がりのリビング、アンジェと二人っきりで、淹《い》れ立てのお茶を楽しんでいる。

アヴァロンを挙げての結婚式まで迫っているが、やることはやったから、割と余裕がある。

「アンジェは何かやり残したことはないの？」

「え？　何がですか？」

前世での記憶をふと思い出した。

「結婚する時って、人にもよるけど色々やり残したことに奔走《ほんそう》する人が多いんだ。独身時代の最後にやっておきたいこととか、色々あるみたいなんだ。だからアンジェはどうかなって思って」

「うーん」

頰《ほお》に指をあてて、考え込むアンジェ。

「多分……ないと思います」

「そうなのかい？」

「はい。あの……むしろ早くアレク様と結婚して、その後のことを一緒にしたいです」

「その後って……夫婦になってから？」

一瞬、胸がドキッとした。

「はい、例えばハネムーンとか」

「……なるほど、そうだね。仕事をするようになってからあまりアンジェと二人っきりで出かけてないね。またゼアホースに行く？」

ゼアホースというのは、何年か前にアンジェと一緒に行った温泉街のことだ。

ちょっとした事件を解決した結果、ゼアホースの温泉にはちゃんとした美容効果がある。

「はい！　行きましょう。他にもアレク様といっぱい、いろんなことをしたいです」

「そうだな」

アンジェとの関係が、はっきりと夫婦になった後はどう変わっていくのか。

私も、それが楽しみになってきた。

「ご主人様」

ノックの後、メイド長のアメリアがリビングに入ってきた。

「どうしたんだいアメリア」

「勅使《ちょくし》の方がお見えになってます」

「勅使？」

「お姉様の？」

皇帝の命令を携《たずさ》えてくる者、勅使。

それは、私たちにとって珍しい存在だった。

「どうして勅使が？　お姉様に何かあったのでしょうか」

「分からない。とにかくお通しして」

「かしこまりました」

「アンジェ、着替えを手伝って」

「はい！」

頷くアンジェ、私たちはリビングを出て、衣装部屋に向かった。

勅使という、正式な使者が来てるとなると、こっちもちゃんとした格好をしなきゃいけない。

私はアンジェに手伝ってもらって、副帝の格式に添った礼装に着替えた。

そのまま応接間に向かい、先に通した勅使と会った。

勅使は中年の男、気持ち中性的な空気を纏《まと》っている。

宦官《かんがん》……なのかな。

「上意」

「はっ」

甲高《かんだか》い声の後、私は勅使――皇帝の名代たる宦官の男に片膝の礼をとった。

「国父・副帝アレクサンダー・カーライル卿《きょう》、および王女アンジェリカ・シルヴァの結婚に際し、帝国内における全ての罪人に大赦《たいしゃ》を行うものとする。以上である」

「……ありがたき幸せ」

エリザの真意を推測しようとしたせいで、返事が一呼吸遅れてしまった。

「おめでとうございます国父様、これは紛《まぎ》れもなく名誉なことでございますよ」

私が起き上がると、勅使はさっきまでの堅苦しい口調から一変、相当分のへつらいが籠《こ》もった口調で言ってきた。

「陛下は他に何か言ってなかった？」

「そうですね、私にはなんとも。ただ、国父様がおそらく気になるということを一つあずかってきてます」

「どういうの？」

「謀反者《むほんしゃ》も含めてすべて、ということみたいです」

「それは……本当に全員なんだね」

謀反というのは言うまでもなく帝国法においてもっとも重い罪だ。

通常、謀反を起こしてつかまった者は一族郎党《いちぞくろうとう》死罪になるのが習わしだ。

その範囲たるや、そして見せしめの意味合いも含めて。

一族に妊婦がいれば、出産後の赤子をあえて死刑に処すということもある。

そこまで大赦を行うのであれば、本当に「全て」ということになる。

勅使にさらに色々聞いてみたが、それ以上の情報は得られなかった。

「分かりました。陛下に返事をお願いできますか？」

「なんでしょう」

「僕の名の下で、やって下さい」

勅使の表情が一瞬強《こわ》ばった。

何を言い出すのかという顔だ。

「それを……本当に伝えてもよろしいんですか？」

「うん」

「……わかりました」

さっきまでの祝福する顔から一変、勅使は苦々しい表情のまま立ち去った。

大赦というのは、穿《うが》った見方をすれば（そして貴族や大臣らにはその穿った見方をする者が実に多い）皇帝の人心掌握《じんしんしょうあく》の手段だ。

人間の法は万能ではない、例えば両親を殺人鬼に惨殺《ざんさつ》された男が復讐《ふくしゅう》に走っても、その復讐を裁かなければならない。

情にてらせば酌量《しゃくりょう》したくても、法では裁かざるを得ない事案はいくらでもある。

それを個別でやるのが特赦《とくしゃ》で、あまねくやるのが大赦だ。

私が頼んだ伝言は、大赦という人心掌握を皇帝から横取りにしようということだ。

勅使が苦い顔して立ち去ったのも無理はない。

「アレク様、どうしてですか？」

「何が？」

「アレク様らしくないです。アレク様は人に感謝されたくて何かをするってのはあまりないです」

「そんなことないよ、僕はアンジェに喜んでもらえることならなんでもするよ」

「そういうことじゃありません」

アンジェは困ったような、すねたような、その中間くらいの顔をした。

私は苦笑いして。

「そうだね、アンジェには本当のことを言うけど、僕も大赦について考えたことがあるんだ」

「そうなんですか？」

「うん、必要になったらエリザに提案しようとね。そうじゃなくても、アヴァロンの中なら、僕の権限で特赦はいくらでもできる」

「はい」

国父、副帝、アヴァロンの実質的な統治者。

特赦を好きなようにやれる権限が私にはある。

「だからそれを天使様に聞いたことがあるんだ」

「天使様に……？」

「そう。するとね、大赦というのは、死んだ後の査定じゃ、マイナスになるみたいなんだ」

「そうなんですか⁉」

驚愕《きょうがく》するアンジェ。

「うん、だって犯罪者を解き放つことだからね、本質は。脱獄《だつごく》の手引きと実はそんなにかわらないんだ」

「あっ……そういう観点なら……そうかもしれません。じゃ、じゃあお姉様を止めなきゃ」

「無駄だよ」

私はさらに苦笑いした。

「エリザが自分で来ないで、勅使を来させたでしょ。それは『もうやるって決まったから』の宣言なんだ。相談するつもりがあるなら本人が来てこっそり僕と相談してる」

「そうですよね……」

「今の勅命、帝国のいたるところにもう走らせてると思うんだ。アレクサンダー卿の結婚に合わせて罪人を解放しろってね」

「です……よね」

「だから、僕の名においてやってって言った」

「でも、それじゃアレク様がその罪を背負うことに」

「忘れたのかい、アンジェ」

「え?」

何を？　って感じできょとんとするアンジェ。

「僕は天使様のお願いで定期的に罪を重ねないといけないんだ」

「あっ……」

「今回のことはむしろ渡りに船、ってところだね」

「そっか……さすがアレク様、さっきの一瞬でそこまで考えていたんですね」

私はアンジェに微笑《ほほえ》んで、マリを呼ぶ。

今の話を手紙にしてもらって、エリザに送るように指示を出した。

エリザもきっとアンジェと同じ疑問を持つと思うから、天使の話も含めて、包み隠さずエリザに伝えるように手紙にしたためたのだった。

12✦善人、悪人と相性がぴったり

A good man, Reborn SSS rank life!!

「じゃあ、招待状を宜《よろ》しくね」

「お任せ下さい」

アメリアは深く一礼して、書斎から出ていった。

これでまた一つ結婚式の仕度《したく》を終えて、私は充実感を覚えた。

さて次は――と思っていたら、ドアの前に、何もなかった空間から彼女が現れた。

「やっほー、おひさー」

「ウェンディ。いつからいたの？」

「今来たばっか。大丈夫、あたしがずっといたら悪事の三つや四つはもうしてるから」

「基準が高いね」

微苦笑《びくしょう》しつつ、執務机の斜め前にしつらえたソファーをジェスチャーで勧めた。

来客用のソファーだが、ウェンディはそこに行かず、スタスタと執務机の隣にやってきて、ひょいと机の上に座った。

ハイエルフのウェンディ。

魂の行き先、悪事をとことん積み重ねた魂が最終的にどうなるのかを知りたくて、本人曰《いわ》く
数百年間悪事を繰り返してきた。

ある意味、私と対極にある存在といえる。

「そこに座られるとお茶を出しづらいんだけど」

「いいよいいよ、あたし飲み食いしないから」

「そうなの？」

「ハイエルフは霞《かすみ》を食《く》って生きてるのさ」

「それは嘘だよね」

「うんうそ」

ウェンディは悪びれることなく、実にあっさり認めてしまった。

「まあでも近いもんよ、悪いことをしたらそこからエネルギーを取り込めるのよ」

「それは便利だね。目的と手段が一致してる」

「……」

「どうしたの？　鳩が豆鉄砲を食ったような顔をして」

「いやあ、嘘つくなー！　って突っ込まれるのかって思ったのに」

「真実に突っ込む必要なんてないでしょ」

「本当だって思うの?」

「だってそうなんでしょう?」

聞き返すと、ウェンディは複雑そうな顔をした。

「今度はどうしたの、そんな顔して」

「うーん、ほらあたしって悪いことしたいじゃん? だから普段から会話の中に九割くらい嘘を混ぜてるのよ」

「一割は本当なんだ」

「その方が嘘でだませる人増やせるからね」

そう言って、今度はウインクを飛ばしてきた。

「なるほど」

「だから本当か嘘か自分でも分かんないときあるけど、ピンポイントで本当のことを本当って言い当てられると複雑ってゆーか」

「なるほど。難しいね」

なんか面白い、と言ったら彼女はどんな顔をするんだろうか。

「それより、今日は何をしに?」

「そだ。ちょっとクレームを言いに来たの」

「クレーム?」

しまった。

語尾にハートマークをつけていそうな言い方。

未だかつてこんな色っぽい「大赦」の言い方はあっただろうかと、ちょっと面白いと思って
「あんたの結婚で大赦を出すんでしょ。で、それは指名手配中でつかまってないのにも適用される。そのせいであたし、逃げ続けて業を重ねてる案件がいくつも吹っ飛んだの」

「ふむふむ。そっか、法の裁きを受けないで逃げ続けるのも良くないことだもんね」

「そういうこと。だからふざけんな！　って言いに来たの」

「そっか」

「でもそれだけじゃ物足りないから、ついでに何かしていこうって思ってね」

「何かって」

「あんたのお・よ・め・さ・ん」

ウエンディは唇に指をあてて、イタズラっぽいジェスチャーで話した。

「可愛《かわい》い子だよね、幸せの中に育って、悪意をまったく知らない感じ」

「ありがとう」

「その子をちょっと絶望で塗りつぶしたら楽しそうかなって」

「そっか」

「……それだけ？」

ウェンディは目を見開き、小首をかしげた。

「大事なお嫁さんをメチャクチャにするって言ってんのよ、怒るくらいしたら？」

「怒らないよ」

「なんで」

「だってそれは不可能だから」

「……」

「アンジェのそばには大体いつもカラミティがついてる。そうじゃなくても僕はアンジェを守る為にいくつもの手を打って保険を掛けてる。はっきり言うとね、アンジェはエリザ——皇帝よりも安全な状態にあるんだよ。だから、キミがアンジェに何かをするのは無理だよ」

「あーうー。かわいくなーい」

ウェンディはふてくされて、机の上から飛び降りた。

「ここはさ、ものすんごい殺気とか出して、『したらただじゃ置かない』ってあたしを威嚇《いかく》するのが王道じゃん。それをやってくれたらかわいげあったのにー」

「なるほど、それは一理ある」

「まっ、あんたはそんな二流じゃないっか」

「それは二流なんだ？」

「格好いいけどね、でも結局おどしだけじゃん？　あんたみたいに先に手を打ってある方がすごいし一流なんだよ」

「褒《ほ》め言葉として受け取っとくよ」

「ふーんだ。あんたのお嫁さんだめでもいいもん。あんたの知らないところで悪いことコツコツしちゃうもん」

「そこはコツコツなんだな」

私は苦笑いした。

それ含めてウェンディのキャラであり、超然的な美しさを持つハイエルフでありながら妙に親しみやすい感じがする。

だから私は、決してウェンディのことが嫌いではない。

むしろ――

「そうだ。これをキミにも渡しておくよ」

私は引き出しを開けて、中から一枚の招待状を取りだした。

試作品だが、限りなく完成品に近いものだ。

「何これ」

「僕たちの結婚式の招待状。キミと入れ違いだったメイドのアメリアに配ってくるように言ったものでもあるんだ」

「へえー……って、魔法がかかってるじゃんこれ」

「うん」

「見たことない魔法ね。なんなの？」

「僕に研究者の協力者がいっぱいいてね、その人たちに開発してもらった縁結び」

「縁結びぃ？」

語尾が上ずるウェンディ。

なんだかいやそうな、あるいはうさんくさいものを見るような目をした。

気づいたら普通に受け取ったはずが、いつの間にか招待状を二本指でつまむように持っている。

「そっ。僕たちの結婚式にあっちこっちからたくさん人が集まってくるんだ。しかも結構長い期間中」

「で？」

「その人たちを結びつけられるといいなって。この紙は占いのような魔法をかけてる。あと性格診断も。紙を持っている者同士、性格、運命など上手《うま》くいく相手同士だったらこれを媒介《ばいかい》にしてひかれあう、って仕組みさ」

「へえ」

「子供は国の宝だからね、そのために上手くいく人同士を引き合わせて、って思ったんだ」

「これをあっちこっちに配るの？」

「うん、ほら、まだこんなに――」

引き出しからもう一枚、魔法を付与《ふよ》した招待状を取り出すと、私とウェンディの招待状が同時に光り出した。

どっちも光って、同じペースで明滅《めいめつ》を繰り返している。

ウェンディは一瞬目が点になったけど。

「……あはははははは」

と、腹を抱えて笑い出した。

「これってあれだよね、はじめて見るけどこれ相性がいいときの反応だよね」

「うん、まあ、そうだね」

微苦笑しつつ頷《うなず》く。さすがにこれは想定外だ。

「あはははは、まさかのあたしとあんたが好相性。なにこれたーのしー」

ものすごくツボに入ったみたいで、出会ってからで一番大爆笑されている。

「あれかな、宿敵って書いてラバーって読むのかな」

「そういう読み方はしないと思うけど」

「まあでも、なんとなく分かる気もする」

大爆笑が収まって、ウェンディは目尻の涙を指の第二関節で拭《ぬぐ》った。

「あたしとあんた、善と悪のそれぞれ端っこにいるもんね。そりゃ一周回って相性もよくなるってもんだ」

「そうかもね」

「ふふ、今日ここに来た甲斐《かい》があった。これはもらっとく、じゃねー」

ウェンディは満足げな顔で、身を翻《ひるがえ》して歩き出し、現れた時と正反対の感じで姿を消す。

嵐のようにやってきて、嵐のように去ったウェンディ。

まさか、彼女と好相性が出るとはね。

彼女のそれがうつったのか。

私もちょっとだけ、面白いと思ってしまった。

13 ✦ 善人、新居を設計する

A good man,Reborn SSS rank life!!

夜の寝室。

これまで過ごしてきた数千の夜と同じように、私とアンジェはパジャマへの着替えがすんで、一緒の寝床につこうとしているところだ。

「明日は晴れるみたいだね」

「そうなんですか？」

「うん」

頷き、窓の外に目をやった。

嵐の一歩手前くらいの大雨がぱっしゃぱっしゃと窓に打ち付けている。

雨が止む気配はまったくないが、肌に触れている空気の感覚が、晴れる前日のそれだ。

この感じがする場合、ほとんど１００％の確率で晴れる。

「それじゃ、私はカラミティ様と一緒にお出かけしますね」

「うん、僕は屋敷にいるから、何かあったら呼びに来て」

「はい！」

にこりと微笑《ほほえ》むアンジェと一緒にベッドに上がって、灯りを消そうとする。

その時、ドアがノックされた。

静かだが、控えめで、申し訳なさを感じさせるノック。

「だれ？」

「お休みのところ申し訳ございません」

「アメリアか。はいって」

許可を得たアメリアが寝室に入ってきた。

私とアンジェがパジャマ姿に着替えているのに対し、アメリアは未だにメイド服——仕事する格好だ。

「どうしたの？」

「ただいま入ってきた報告なのですが、ご主人様の神像に引っかかったものがあると」

「……創造神かい？」

「今までのとまったく同じようですから、おそらくは。お休みのところ申し訳ございません」

「ううん、よく知らせてくれた。じゃあ今から——」

言いかけて、自分の格好を思い出したので、喉《のど》まで出かかった言葉を呑《の》み込んだ。

「——今夜は監視する人員だけ増やして、念のために。明日以降僕が確認してくる」

「かしこまりました」

　しずしずと一揖《いちゆう》して、アメリアが部屋から退出した。

　それを見送ってから、私は振り向き、ベッドの上で手持ち無沙汰《ぶさた》にしているアンジェに手刀を立てた。

「ごめんねアンジェ、ほっといっちゃって」

「ううん。それよりも大丈夫なんですか？　すぐに行かなくて」

「アメリアの判断を信じてるから」

「アメリアさんの判断？」

「いつも通りだから問題はないけど、相手が相手だから一応知らせた。アメリアがこの時間にやってきたのはそういうことだよ」

「なるほど！」

「だから大丈夫」

「はい！」

　アンジェはニコニコ顔で頷いた。

　そんなアンジェを見た後、アメリアが出ていったドアを見た。

「どうしたんですかアレク様？」

「……アンジェにちょっと相談があるんだけど、いいかな」

「はい、なんですか？」

アンジェはベッドの上で正座をして、居住まいを正して話を聞く態勢になった。

「引っ越そうと思うんだ」

「引っ越す……ですか？」

「うん。僕たちの新居に」

「このお屋敷もまだまだ新しいですよ？」

不思議がるアンジェ。

彼女の言うとおりだ。アヴァロンに越してきて、そのアヴァロンのことが一段落してから建てた屋敷はまだまだ新しい。

「うん、でも、ここはなんというか、お仕事する場所ってイメージなんだ。僕の中では」

「はい！　屋敷でお仕事してるアレク様、いつ見ても格好いいです」

「ありがとう。今も、パジャマに着替えてるのが目に入ってなかったら、現場に行ってすぐに確認しようと言い出すところだった。だから、仕事を完全に切り離した、夜にお休みするための新居に引っ越した方がいい――と思ったんだ」

「なるほど！」

「どうかな？」

「はい！　アレク様との新居、すごくわくわくします！」

てしまう。

「そっか」

嬉しそうに、無邪気に喜んでいるアンジェの姿を見てると、こっちもついつい目尻が下がっ

「アレク様！　どういうおうちがいいですか？」

「うーん、アンジェはどんなのがいい？」

「私ですか？」

「うん。アンジェがどんなのがいいのか、まずは聞いてみたいな」

「そうですね……あっ、ちょっと待ってください！」

アンジェはベッドから飛び降りて、そのまま部屋からも出ていってしまった。

どうしたんだろういきなり、と不思議がったまま待つことしばし。

アンジェは、大きめの紙を持って戻ってきた。

「お待たせしましたアレク様」

「それはなんだい？」

「アレク様とのおうちを描いてみました」

「どれどれ？」

アンジェが差し出した紙をのぞき込む。

家の間取り図だった。

「面白い構造だね、部屋がいっぱいあって……放射状？　をコンセプトで配置してるのかな」

「はい！」

「いっぱい部屋があるけど、僕とアンジェの部屋はどれ？」

「私の部屋はここです」

アンジェは図面の上にある一つの部屋を指した。

放射状に配置されて、ぐるりと中央のリビング？　を取り囲んでいる造り。

そのうちの一つをアンジェは指さした。

「やっぱりそこなんだね」

「はい！　私はここです」

「そっか……私？」

ふと、アンジェの言葉が引っかかった。

記憶を辿《たど》ってみる――うん、さっきもアンジェは「私は」と言った。

もしかして――。

「僕の部屋は違うの？」

「はい！　アレク様は好きなところへどうぞ。その日の気分で、誰のところに行くのかを決めて下さい」

ニコリと満面の笑みで説明するアンジェ。

それで分かった、アンジェが描いてきたこれは「後宮」だ。

この部屋は一つ一つに、それぞれアンジェや、まだ見ぬ側室たちの部屋だ。

そして私の部屋はない、私は泊まりたい娘の部屋に好きに泊まる、という意図の建物だ。

「これはいつ考えたの？」

「お姉様に教えてもらったんです、むかし、こういうのをしてた人がいたんだって」

「なるほど」

側室を統《す》べる正室。

その話を私はエリザから聞いたことがあるし、エリザはアンジェにも話してるってことか。

「どうですかアレク様」

「アンジェがこういうのがいいというのなら僕もいいと思うけど、これ、実際の使い心地とかどうなのかな」

「そういえば、どうなんでしょう……」

「ふむ」

私は少し考えて、アンジェが書いてきた間取り図にそっと触れた。

魔法を使い、物質を変換。

すると紙はまるでみるみるうちに形を変えていく。

まるで植物の生長、それを早送りにしたような感じで成長《形を変え》した。

紙は、ミニチュアの家、おもちゃの家のようなものになった。

「わぁ……」

「アンジェの図を元に作ってみた模型だよ」

「はい！　あっ、これ」

「ん？」

「ここ、部屋のドア同士が邪魔になっちゃってます」

「ほんとだ」

「この造りじゃダメですね」

「描き直してみよっか」

家の模型に手を触れて、さらに物質変換の魔法を使う。

模型を紙に逆に戻す。

直前まで模型だったのが、何も描かれてない白い紙になった。

そこに、さらに魔法をかける。

「アレク様、今の魔法は？」

紙に戻す物質変換はアンジェもよく知っているが、その後にかけた魔法ははじめて見るので、不思議に思って聞いてきた。

「飛び出す絵本ってあるよね」

「はい、開くと紙のおうちとかキャラクターとかが飛び出る絵本ですよね」

「それに似た魔法をかけた。この紙に書かれた間取り図が、勝手にさっきのおうちの模型になる魔法。例えば」

私は紙の上に絵を描いた。

子供でも描けるような、尖った屋根の簡単な家だ。

描き終えた直後、紙の上に半透明の映像が浮かび上がった。

「こんな感じ」

「わあぁ……」

アンジェは目を輝かせた。

「そして……こんな感じ」

紙に描かれた絵の横に、くっつく感じで小さな部屋を描き足した。

するとリアルタイムに、浮かび上がった映像にも小さな部屋が追加された。

「すごい！」

「これで書き足したり、微調整していこうよ」

「はい！」

笑顔で頷《うなず》くアンジェ。

私は自分が描いた拙《つたな》い、掘っ立て小屋のような絵を消して、ペンをアンジェに渡す。

「やっぱり、アンジェの部屋だけ他よりちょっと大きくした方がいいんじゃないかな」

「そうですか？　じゃあ……こんな感じ？」

「あるいは大きさは同じだけど、配置や方角で差別化をはかるとか」

「こんな感じなのはどうですか？」

やりとりの中、夜が更けていく。

私たちは寝るのも忘れて、新居の設計に没頭したのだった。

14 ✦ 善人、幸せのグッドサイクル

A good man,Reborn SSS rank life!!

朝日が差し込む、鳥のさえずりが聞こえてくる。

夜がすっかり明けた頃、完成した図面の上で見つめ合う私とアンジェ。

「できましたね」

「ああ、後は実物を作るだけだ」

「アレク様、ここに書かれてる『メイ・アンジェリカ』ってどういう意味ですか？　私の名前が入ってるけど」

アンジェは図面の上、私が最後に書き込んだ文字を指して、聞いてきた。

「この『メイ』っていうのは古い言葉で国って意味だよ」

「国、ですか？」

「古い言葉だから、そのまま国家という意味の国じゃなくて。……そうだね、一国一城の主、という意味合いの国。むしろ『世界』って訳した方がいいのかもしれないね。僕たちの新居、『アンジェの世界』」

「ちょっと、恥ずかしいです……」

「しっかりして、アンジェがみんなを束ねるんだから」

「……はい！」

正室のアンジェが、やがてできるであろう側室たちを束ねる。

エリザも度々《たびたび》言っていた、歴史上に存在した賢妻《けんさい》の代名詞のような存在になること。

アンジェは元々そういう素養があり、エリザが唆《そそのか》したことで、ますますその気になっている。

メイ・アンジェリカ《アンジェの世界》。

ここで始める新生活にますます期待が膨《ふく》らんでいった。

「うふふ……」

アンジェは私をニコニコ顔で見つめてくる。

徹夜明けのテンションもあるだろうが、それとは違う何かで、アンジェが上機嫌で私を見つめていた。

「嬉しそうだねアンジェ」

「はい、アレク様が嬉しそうにしているから」

「僕が？」

アンジェの返しにちょっと驚いた。てっきり「メイ・アンジェリカ」が理由だと思っていたが、そうではないという。

自分の顔を触ってみた、そんなに嬉しそうにしてただろうか。

……そうかもしれない。

私はナチュラルボーンな、生粋《きっすい》の貴族ではない。

前世の記憶を持ったまま生まれ変わっているのだから、生粋の貴族の父上や母上、アンジェたちと考え方が違うことがある。

例えば側室なんかも、アンジェたちは当たり前のこととして思っているのに対し、私は基本『貴族なんだからこういうこともある』と、そう思って納得する。

アンジェたちはそういう考えすらなく、普通に当たり前のこととして納得する。

そんな、根っこが庶民《しょみん》な私は、家というものに少し憧れがある。

そしてそれが新居、妻との新居ならばなおさらのことだ。

その嬉しさが顔に出ていたんだろう。

そしてそれがアンジェもニコニコにした。

そんなアンジェを見て、私は考える。

「僕が嬉しいと嬉しい?」

「もちろんです」

「そうだよね、そしてアンジェが嬉しそうにしてるのを見ると、僕も嬉しい」

「はい!」

アンジェはますます嬉しそうに頷いた。

嬉しさの伝染、その相乗効果。

私は、あごに手をやって考えこむ。

「……プラムの結界の原理を利用すれば、できるかも知れないな」

「アレク様?」

「アンジェ、そのままそこに立ってて」

「はい……分かりました」

どういうことなんだろうと小首をかしげつつも、私の要請に応じてくれたアンジェ。

そんなアンジェの前で、いつも背負っている賢者の剣を抜いて、魔力を込めて軽く振るう。

部屋の上質な絨毯《じゅうたん》の上に、アンジェをくるりと取り囲む魔法陣を描く。

明滅《めいめつ》する魔法陣の中に立たされているアンジェ、私が賢者の剣を握ったまま距離を取る。

少し離れたところで、同じように賢者の剣で魔法陣を描く。

魔法陣の中に入る、賢者の剣を魔法陣の中心に突き立てて、杖《つえ》にするように両手を柄に重ねる。

魔力を高める。

ムパパト式で魔力のピークを摑《つか》んで、プラムの結界の応用で放出。

私と、アンジェの足元の魔法陣から、天井を貫くような光の柱が立ち上った。

「……よし」

「これはどういう魔法なんですかアレク様」

やってる最中は言われた通りその場に佇《たたず》んで、じっと見守っていたアンジェが聞いてきた。

「説明するよりもやってみせた方が早いと思う。ちょっと待って」

私はそう言い、目を閉じた。

思い出す、記憶ではなく――感情を。

生まれ変わる直前、前の人生で死ぬまで感じ続けていたあの感情を。

「これは……アレク様、悲しんでらっしゃる？」

「ちゃんと伝わったね」

「どういうことですか？」

「この魔法陣の中にいると、相手の感情が伝わるようになるんだ。表面上のものだけじゃなくて、素直に、その時の感情をね」

「なるほど」

納得するアンジェ、プラムの結界の応用が上手《うま》くいってほっとした。

「あっ、いまほっとしました」

「あはは、効果は抜群《ばつぐん》ってことだね。後は改良するだけだね」

「改良ですか？」

「うん、今はなんでもかんでも伝えるけど、完成版は嬉しさだけを伝えるようにして、それを新居の全部の部屋につけようと思う」

「あっ……みんなの嬉しさが」

「そう、嬉しいと感じて嬉しくなる。それが上手く作用するといいよね」

「私、頑張ります！　アレク様のために頑張ります！」

軽く拳を握って、意気込むアンジェ。

身内が嬉しいと自分も嬉しい、そういう子たちと一緒に住むための新居。

箱も、中に住む人たちも。

私は、その両方に思いをはせて、期待を膨らませて。

「えへへ……」

それを魔法陣越しで感じたアンジェは、ますます、嬉しそうに微笑《ほほえ》んだのだった。

15 ✦ 善人、ひょうたんから駒を得る

A good man,Reborn SSS rank life!!

結婚式まで一週間を切った。

アヴァロンの街はますます賑《にぎ》わいを、盛り上がりを見せていた。

そんな中、私は執務室で、エリザが持ち込んだ話に眉《まゆ》をひそめていた。

「それは本当かい？」

「ええ、ついさっきこの目で見てきた。すごいよね、十倍出すって言っても断られるんだから」

「宿、か」

エリザが持ち込んだ話、それはアヴァロン中の宿屋がほぼほぼ満室状態になっているということだ。

一週間後に行われる私たちの結婚式を控えて、国中から旅人が集まってきて、それで宿がパンクしているという。

「その宿の権利を転売してる人もいるね。もう既《すで》に相場の三十倍出さないと買えないみたい」

「それは……大変だね」

立ち上がり、窓から外を見る。

眼下《がんか》に広がるアヴァロンの街は、確かにここに来た直後に比べてかなり賑わっている。

「人気者はつらいね」

エリザはニヤニヤしながら、私の横にやってきて、肘で脇腹を小突いてきた。

「……」

「あれ？　何を考えてるの？」

「この状況を解決しなきゃって思って」

「この状況って……宿が足りないこれ？」

「うん」

「余計なお世話だけど、手出ししない方がいいと思うよ」

「……どうして？」

「アレクが正室を迎えるっていうイベントを超えるものはこの先やってこない。つまり今のこれがピーク。これを乗り切ろうと宿とか増やしたら、終わった後に閑古鳥《かんこどり》が大合唱するよ」

「……それはそうだよね」

エリザの言うとおりだった。

私に限らず、これは誰でもそうだ。

貴族、庶民《しょみん》にかかわらず、人生で一番人間を集められる瞬間は、みな同じ瞬間だ。

すなわち結婚式の瞬間。

つまり今のこのパニックはあと一週間だけの狂騒《きようそう》。

下手《へた》に手を出さない方がいい、とエリザは言う。

それは納得できる、できるんだが……。

「ふふ」

「どうした？」

「いいえ、アレクのことだから、そうは言ってもどうにかしなきゃ、とか思ってるんでしょ」

「……うん、せっかくだから。僕とアンジェのために来てくれたみんなのために、みんなが楽しんで当日を迎えられるようにしたい」

「やっぱりね。分かったわ、宿は任せて」

エリザはくるりと身を翻《ひるがえ》して、執務室の出口に向かっていった。

「エリザ？」

「南西に開発の途中のブロックがあったね、あそこにまとめて建ててくる」

「間に合うの？」

「誰にものを言ってるの？」

立ち止まり、振り向いて肩越しに笑顔を見せるエリザ。

「これでも帝国皇帝、こんなのより十倍難しい難題でもさらっとクリアしてみせるわ」

「……ありがとう、エリザ」

「アンジェのためよ」

エリザは微笑みを残して、部屋から出ていった。

さて、そうならますます考えなきゃいけない。

結婚式が終わった後の、溢《あふ》れた宿の扱いを。

それを考えていると、目の前に何者かが転移してきた。

「主《あるじ》」

やってきたのはアスタロト。

私を主と呼び慕《した》う、豊穣を司《つかさど》る本物の女神だ。

「ご報告、よろしいでしょうか」

「うん、なんだい」

椅子《いす》に座り直して、アスタロトの報告を受ける。

アヴァロン、そしてアレクサンダー同盟領の農地を引き受けている彼女の報告は、いつも通りどこそこの開墾《かいこん》や収穫に関するものだった。

「今回ももっとも主を拝んだ村に最高の収穫を授けよう……と、思っているのですが」

アスタロトは複雑そうな顔をした。

「何か不都合があるのかい？」

「いささか反則ではないか、という思いが私の中で捨てきれなくて」

「どういうこと？」

「その村にも主の像が設けられております」

「厳密にはアスタロトの像だけどね」

「主の像です。その像に村人が祈りを捧げているのはもちろんですが、何者かの入れ知恵で、そこが巡礼の地という話が広まっております」

「巡礼の地？」

「そのため、村の民以外にも、各地から集まってきて主に祈りを捧げる者が」

「なるほど、それで反則なのかも、って思ってるんだね」

頷《うなず》くアスタロト。

正真正銘《しょうしんしょうめい》の女神なのに、人間である私を崇拝《すうはい》しているような言動をしているアスタロト。

私に関することに不正は許せないってことか。

正直言えば私はその辺のことを特にどうとも思わない。

ほこらを建てて像を作らせたのもアスタロトがそう望むからそうしたのであり、私は別に対価――この場合アスタロトが求めるのは私への信仰心――を求めようとは思わない。

だから、

「僕はいいと思う。頭を使って、僕へ祈る人を増やした訳《わけ》なんでしょう」

「それは……そうですが」

「だったらいいんじゃないかな。というかアスタロトに任せるよ。君がいいと思ったらいい、ダメだと思ったらダメ。それでいいんじゃないかな」

「……分かりました」

アスタロトは私に一礼して、転移で執務室から立ち去った。

まったく生真面目《きまじめ》な女神だなぁ……と、思った瞬間。

「あっ……」

頭の中に白い光が突き抜けていった、あることをひらめいた。

「これなら……観光客を維持できる」

アスタロトがくれたヒントを、私は早速実行するために動き出した。

☆

アヴァロンの中心、結婚式の式場予定地。

幕で囲まれたそこに、私はできたての像を運び込んでいた。

「何それ」

「エリザ」

背後から話しかけてくるエリザ、像を見あげて首をかしげていた。

「ここに来て良いのかい？　宿は？」

「私が建てる訳じゃないから、命令は出したし、褒美《ほうび》も罰も明示した」

「なるほど、だったら十分だね」

信賞必罰《しんしょうひつばつ》。

統治者としてのエリザはそのことを強く意識している。

だから彼女の命令には力がある、実行力がある。

「それより、何これ」

「これはユーノーの神像だよ」

「ユーノー……結婚を司る女神ね」

「そっ、当日に降臨して僕とアンジェを祝福してくれるという約束になってる」

「それがこの場所……ははーん」

エリザはにやりと笑った、察したようだ。

「そう、ユーノーの降臨にあわせてここに神像を置いておくと、ここがユーノー降臨の聖地になる。しかも世の中の大半の人が望む、結婚を司る女神だ」

「その聖地になれば、あんたたちの式が終わっても、ひっきりなしにここに人は来る。加護を求めて」

「そういうこと」

「やるじゃない」

エリザは神像に近づいて、手で軽く触れた。

「ただの石像ねこれ。こんなもの一つで観光客の数をつなぎ止めるなんて。史上最高のコストパフォーマンスね」

「よかった、エリザがそう言ってくれるのなら安心だ」

正直、ただの像だけじゃ不安だから、何か魔法でもかけようかと思ったが、エリザがそう言うのなら大丈夫だろう。

ダメならダメで、後から足せばいい。

「ふふ」

「どうしたの？」

「この神像に祈る未婚の人間は私が初めてじゃない」

「そう言えばそうだね」

「御利益《ごりやく》ありそう」

「あるよ」

私は即答した。

「そっか」

エリザもにこりと笑みを返してくれた。

アンジェとの式が終わるまで言葉にしないと決めているのでここまでだが、エリザにそれが伝わってて良かった。

ひょうたんから駒《こま》、だな。

16 ✦ 善人、初めてのキスをする

アンジェとの結婚式当日。

空は雲一つない、晴れ渡った絶好の結婚式日和《びより》になった。

まるで天に祝福されるかのような天気（後で話したらエリザに鼻で笑われたけど）の中、式が始まった。

式典の中、表向きで一番重要なパレード。

そのパレードのスタート地点は、当初の予定を遥《はる》かに超えて、アヴァロンの郊外になった。

帝国の各地、そして近隣の属国からも大勢の民がアヴァロンに押し寄せてきて、沿道は山のような人だかりで埋めつくされた。

「見ろよ、あの馬車？　馬が引いてないぞ」

「人も押してないし、どういう仕組みなんだ？」

私とアンジェは巨大な「車」に乗っていた。

皇帝の神輿《みこし》に準ずる形で作ったそれは、縦と横それぞれ五メートルある大きいものだ。

それに巨大な車輪をつけているから「車」だが、馬も人も使っていない。

私の魔力で、安定した速度で自走している。

プライベートでも自動馬車で使っている魔法をこれに応用したのだ。

その車の前後を、メイドたち総出で儀仗兵《ぎじょうへい》を務めてくれている。

私に付き従っている令嬢メイドの皆なら見栄えもするし、万が一の時の戦力にもなる。

そんな布陣で、パレードを進んでいく。

車の上から、沿道の民に笑顔で手を振り続ける私とアンジェ。

私に向けられてくる視線はいつものものだから気にならなかったが、アンジェに向けられるそれは、羨望《せんぼう》と憧憬《しょうけい》の入り交じったものだ。

「みんな、アンジェのことを羨《うらや》ましがってるね、それに憧れてもいる」

私は小声で、アンジェの耳元でささやいた。

沿道の大歓声にかき消されないように、声の方向をピンポイントに絞《しぼ》る魔法を忘れずに使っている。

そのため、本来は耳元で叫んでも聞き取れないような大歓声の中でも、ささやきだけでアンジェに届いた。

「そうなんですか？」

ウェディングドレス姿のアンジェは思いっきり驚いた。

「うん。ほら、若い子たちなんか、すっごくうっとりした顔でアンジェを見てる」

「そうですね……」

「うん、よかった」

「よかった、ですか？」

「色々頑張った甲斐《かい》があったよ。今日のアンジェは世界一、ううん、歴史上で一番綺麗《きれい》な花嫁だよ」

「アレク様……」

アンジェは嬉しそうに、それでいて恥ずかしそうにうつむいてしまった。

「あはは、ごめんアンジェ。ほら顔をあげて、もっと今のアンジェ《最高の花嫁》をみんなに見せて」

「——はい！」

アンジェは顔を上げて、ますます、華やかな笑顔で民に手を振った。

大歓声の中、パレードは進み、アヴァロンの街中に入った。

歓声はますます大きくなった。

郊外の沿道では両横に並んでいるだけだったのだが、街中に入ると道の両横だけじゃなく、建物の二階から、屋上に上っている人たちもいた。

平面だったのが立体になって、どこを見ても人、人、人って感じになった。

そんななか車はさらに進み、ゴールがようやく見えてきた。

ユーノーの神像が設置されている舞台だ。
そこにたどりつくと、私は立ち上がり、アンジェに手を差し伸べた。
花嫁のアンジェは私の手をとって立ち上がる。
二人で並びたって歩き出す。
車の上を歩いて進み、段差がないように作った舞台に上がった。
そのまま二人で神像の前に進み、再び振り向いて、民に手を振る。
徐々に大きくなっていく歓声の中、二人で神像に向き直る。
その時だった。
空が暗くなる。
雲一つない青空、太陽も高く掲《かか》げられている。
そんな状況だというのに、空が一瞬だけ暗くなる。
次の瞬間、空から何か降りてきた。
それは神像の前に降りたって、やがて人の形となった。
一呼吸遅れて、歓声が爆発的に大きくなった。
この日一番の歓声だ。
結婚を司《つかさど》る女神、ユーノー。
数万人に見守られている中、彼女は私たちの前に降臨した。

「ここまで大ごとって聞いてない」

ユーノーは若干《じやつかん》ジト目で私を睨《にら》んだ。

「ごめんなさい、僕も予想外なんだ」

「貸し、大きいからね」

ユーノーはそう言って、すぅ、と体が透けていった。

徐々に透けて消えていくユーノー、それが完全に消えたのと同時に、彼女が立っていたところから光が溢《あふ》れ出し、その光は一直線にアンジェを包んだ。

女神の降臨、そして加護。

さっきのがこの日一番だと思っていたが、まだまだ先があったようだ。

歓声がさらに大きくなる。

「ひゃっ」

アンジェが立っていられないほど、私が支えてなきゃいけないほど。

歓声は大きくなった。

☆

夜、私たちの家。

仕事に使う屋敷とは違って、プライベートにだけ使う、本当の意味の「家」。

そこのアンジェの部屋で、私はアンジェと二人っきりになった。

二人でベッドに上がっている。

ここにいても賑《にぎ》やかな声が聞こえてくる。

副帝アレクサンダー・カーライルの結婚式は一日では終わらない、お祭り騒ぎは一週間近く続く。

今も、「祭り」で盛り上がっているのが聞こえてくる。

悪くないBGMだが、私は二本指を伸ばして、遮音《しやおん》魔法を部屋全体にかけた。

音が遮《さえぎ》られて、アンジェと私の、二人の息づかいだけが聞こえるようになった。

「お疲れ様ですアレク様」

「アンジェこそ、つかれたよね」

「全然大丈夫です！　アレク様との結婚式、すごく嬉しく全然疲れてなんていません」

「そっか」

私はアンジェを見つめた、アンジェも私を見つめ返した。

二人はしばし見つめあって。

「キスしても、いい？」

「はい」

愛くるしい笑顔のまま頷き、アンジェはそっと目を閉じた。

そんなアンジェの肩に手を置いて、彼女の唇にそっと口づけした。

幼なじみで、許嫁《いいなずけ》で。

長年ずっと一緒にいて、それこそ同じベッドで寝起きを共にしてきたが。

これが、アンジェとの初めてのキスだった。

アンジェとの初キスはどんな味なんだろうか、なんて思ったのだが。

「え？」

状況は、私が想像だにしないものだった。

キスをした瞬間、アンジェの体がぽわっ、と淡く光り出した。

「アンジェ？」

「え？　あっ……」

目を開けたアンジェ、自分の体を、両手を見つめて戸惑う。

「これは……」

「僕も分からない。キスをしたらこうなった」

「……そっか」

戸惑いはほとんど一瞬だけ、アンジェはすぐに得心顔《こころえがお》になって、いつもの愛くるしい笑顔に戻った。

「そっかって、どういうこと？　アンジェは何かわかったの？」

「はい！　これはアレク様のおかげです」

「僕の？」

「はい。アレク様は神様ですから」

「厳密には神格者だね」

「神様にキスしてもらうと、神様の祝福と加護を受けられるって何かの本で読みました」

「……なるほど」

それは確かにアンジェの言うとおりだ。

神の口づけというのは、古来より神聖なるものとなっている。

実際にその通りなんだろう。

私のキスはそれと同じように、祝福と加護を授けるものになっている。

私自身、意図しなかったことで、ちょっとだけ複雑な気持ちだ。

「……でも」

「うん？」

「祝福とか関係なくて、アレク様とキスできて良かったです」

アンジェは手のひらを合わせて、それで口元を軽く隠す仕草をして、そんなことを言ってきた。

可愛《かわい》らしい、というよりいじらしいアンジェの感想。

それは、私の複雑な気持ちをまとめて吹き飛ばしてくれた。

口元に自然と笑みがこぼれた。

アンジェの頬《ほお》に手を触れて、もう一度キスをした。

「アンジェ」

「はい」

「大好きだよ」

はっきりと告げると、アンジェはものすごく嬉しそうな顔して、私に抱きついてきたのだった。

書籍版書き下ろし

お客様は神様じゃない

A good man,Reborn SSS rank life!!

「次の方。魂ナンバー1959683821、リン・チーエンさんですね」

「あの、ここは……どこなんですか？」

天上の世界で、天使の前までやってきた男の魂が訝《いぶか》しげに聞いた。

十人中九人はする質問だから、天使はとくに嫌な顔をするでもなく答えた。

「ここは天上界で、死者がたどりつく場所です」

「本当にあったんですね……死後の世界が。では、私はこれからジャッジされるのでしょうか」

「そういうことです。話が早くて助かります」

「そりゃ、副帝様のおかげでね」

「……そうですねえ」

天使は微苦笑した。

副帝・アレクサンダー・カーライル。

今や地上界でも天上界でももっとも有名な男である。

地上界においては死後のジャッジを確定的なこととして広めて、天上界ではSSSランクなら唯一人間への転生を望んだ希少な例として知られている。

その時に担当したのがこの天使なのだから、彼女からすれば更に感慨《かんがい》深いわけだ。

「……まあ、そういうことなら話は早いです。――はい、あなたは死にました。ここで最後の審判をさせていただきます。いいですね」

「わかりました」

「えっと……どれどれ。あっ、毎月のお給金から寄付をしてるんですね」

「そうだっけ」

「そうなってますよ?」

「うーん、ああ」

男の魂はハッと思い出した。

「そうでした。毎月の給料の中から、自動的に1%ぐらい天引きして教会に寄付するようにしてました。恵まれない子供たちに使うっていう話でしたね」

「それを死ぬまで続けたのですから、大したものです。善行ポイントマシマシ、っと」

「そうなるんですね。自動的にやってもらってたから、いいことをしたっていう感覚はないんですよね」

「それは関係ないですよ。自分の感覚がどうであれ、あなたは死ぬまで善行を続けたことに変わりはないですから」

「なるほど」

男は納得した。

天使は更に、男の生涯《しょうがい》を追って、その人生をジャッジした。

一事が万事だった。

「他にも色々ありますね。へー、全部自動的天引きって形なんですね」

「そうですね、ものぐさですし、気が向いたときに『じゃあこれから毎月こうこうこうで』って感じでやってたはずです」

「まるで他人《ひと》ごとだね」

「さっきと同じです、自動的にやってもらってたから、あまり自分が何かをした、という感覚はないんです」

「なるほど、わかりました」

天使は頷《うなず》き、結果をまとめていった。

「はい、結果出ました。Bの上位で、ぎりぎりAに届かないぐらいですね。残念ですね」

「そうですか」

「何かアピールはありませんか？」

「うーん」

男はまわりをみた。

自分の後ろにある、魂の長蛇《ちょうだ》の列が目に入った。

「これを全部ジャッジしていくのですよね」

「そうだね」

「なら、私はこれでいいです。こんなことでお時間取らせても悪いですから」

「は、分かりました。じゃあ次は男か女かだけでも決めて下さい」

「男でお願いします」

「なら貴族の長男で。頑張ってハーレム作ってきて下さい」

「あはは、ありがとうございます」

男は笑って、天使にさし出された記憶消しの水を飲んで、穴に飛び込んで転生していった。

それを見送った天使に、同僚の天使が近づいてきた。

「いいのか今の」

「なにが?」

「今の転生、Aランクの転生先だろ。Bでなにもアピールしてないのにそれでいいのか?」

「そりゃあ、人がよくてこっちのことを考えてくれる『お客さん』なら、ちょっとはサービスしてあげたくなるじゃない? それにあれくらいのアップグレードなら天使の権限の範囲内だし」

「まあ、そうだな」

男の天使は納得して、立ち去った。

☆

善人は報われる、悪人は報いを受ける。

行いに応じて、次の人生が決まる、そんな世界。

面倒臭《めんどうくさ》くても、自分の性格にあった小さい善行を重ねていたら、最後はその性格でさらに加点を勝ち取って、いい人生に生まれ変わっていったのだった。

書籍版書き下ろし二
取り返しがつかなくなる前に

A good man.Reborn SSS rank life!!

「次の方。魂ナンバー1959688191、バウヤ・ホーレンさんですね」

「あの、あのあの……」

「ああ」

パニックになりかけた魂を見て、天使はなるほどと得心した。

よくあるパターンである。

自分が死んだことさえも分からずに、ここに来てパニックになっているパターンだ。

そういう魂を数百万と見てきたベテラン天使だから、事務的に説明を始めた。

「お前は死んだ、ここは天上界で、死んだ後の最後の審判をするところだ。わかったな」

「ええ？　えっと……」

「わかったな」

「は、はい」

天使に押し切られた男。

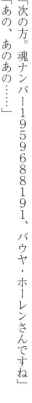

生前から気が弱く、まわりに流され続けた人生であったのがここでも変わらず、最低限の説明だけで簡単に押し切られてしまった。

「では、説明を開始する。ここではあなたの生前の行いを集計し、次の人生へのランク付けをする。特になにかしてもらう必要はない、ここでこのまま待っていればいい。問題は？」

「えっと、えっと――」

「ないな。じゃあ集計を始める」

天使は一方的に押し切って、男の人生の集計を始めた。

長年の経験である。

こういうタイプの男は付き合って向こうのペースにしてしまうと話が延々と進まない、強引に押し切ってこっちのペースで話を進めた方がいいと思った。

「バウヤ・ホーレン。享年《きょうねん》14歳。村を追い出されて盗賊団《とうぞくだん》に入った直後に討伐《とうばつ》にあい、死亡。合っているな」

「は、はい」

「盗賊団に流れ着いたばかりだから特に悪行もなく、若くして死んだから善行もない。Dの上位ってところだ。来世もまた農民だがいいな？」

「え？　えっと……」

「じゃあこれを飲んで、飲んだらそこに飛び込む。はい行って」

「わ、わかりました」

気の弱い男は最後まで一方的に押し切られて、新たな人生に転生していった。

「……ふう」

男を一方的に押し切った天使は、安堵《あんど》のため息を吐いた。

「どうしたの？」

そこに、同僚の女天使がやってきた。

「ああ――こういうパターンだ」

天使はそう言って、さっきの男の人生を同僚に見せた。

女天使は肩越しにちょっとのぞき込んだだけで。

「ああ」

と、納得した。

「運がよかったね、彼」

「ああ」

男天使は深く頷いた。

「盗賊団にながれついたのはやむを得ない事情だとしても、そこで悪事をはたらいてしまったらマイナス査定をしなきゃならなかったからな。そうなる前に討伐されてよかったよ」

「そうだよね。何人か殺したり、盗賊だと強姦《ごうかん》？　とかやったりすると、人間に戻れるの二、三回は転生しないといけないからね」

「ああ。次も農村に生まれ変わるが、安定してる村に転生させたから、今度は大丈夫だろう」

「そうなるといいね」

女天使はそう言って去っていった。

男天使はふうと息を吐いて、気を取り直して次の魂の審判を行った。

☆

善人は報われる、悪人は報いを受ける。

行いに応じて、次の人生が決まる、そんな世界。

運命に翻弄《ほんろう》されて、盗賊に身をやつした男。

しかしそこで本格的に「染まって」しまう前に死んだから、悪事の査定をされずに、次も人間に生まれ変わることができた。

男は新しい農村で一生涯《いっしょうがい》農民として平凡に過ごして、Bランクと査定される人生をおくるのだった。

あとがき

人は小説を書く、小説が書くのは人。
皆様お久しぶり、あるいは初めまして。
台湾人《たいわんじん》ライトノベル作家の三木《みき》なずなでございます。

この度《たび》は『善人おっさん、生まれ変わったらＳＳＳランク人生が確定した』の第七巻を手にとって下さりありがとうございます！

皆様のおかげで、第七巻まで刊行することができました。
本当に、本当にありがとうございます。

この第七巻も、今までと同じコンセプトで描かせていただきました。

善人が必ず報われる世界で、ＳＳＳランクの善人はひたすら報われる。

そういう話を書き続けていき、どうにか、はっきりと「幸せ」という形まで書くことができました。


ここまで書かせて下さった皆様には感謝しかありません。

本当にありがとうございました。


最後に謝辞《しゃじ》です。

イラスト担当の伍長《ごちょう》様。表紙イラスト、感動しました！！

コミック担当ゆづましろ様。毎回楽しく拝読してます！！　成長したアンジェ可愛《かわい》すぎて毎回身悶《みもだ》えてます！

担当編集Ｔ様、ありがとうございました！

ダッシュエックス文庫様。七巻の刊行機会をくださって本当にありがとうございます！

本書を手に取って下さった読者の皆様方、その方々に届けて下さった書店の皆様。

本書に携《たずさ》わった多くの方々に厚く御礼申し上げます。

長い間ありがとうございました。

二〇二〇年八月某日　なずな　拝

ダッシュエックス文庫

善人おっさん、生まれ変わったらSSSランク人生が確定した7

三木なずな

2020年9月30日　第1刷発行

★定価はカバーに表示してあります

発行者　北畠輝幸
発行所　株式会社　集英社
〒101−8050　東京都千代田区一ツ橋2−5−10
03(3230)6229(編集)
03(3230)6393(販売／書店専用)　03(3230)6080(読者係)
印刷所　株式会社美松堂／中央精版印刷株式会社

ISBN978-4-08-631383-4 C0193